能小説 —

人妻ゆうわくキャンプ

桜井真琴

竹書房ラブロマン文庫

目次

※この作品は竹書房ラブロマン文庫のために
書き下ろされたものです。

第一章　夜のテントで快感

1

天気予報が大きく外れ、朝は鈍色《にび》だった空が、みるみる青くなっていく。

長沢陽一《ながさわよういち》は、愛車の四駆にキャンプ道具を積み込み、家を後にした。

今出れば夕方にはつけるだろう。

高速に乗り、ギヤをトップに入れアクセルを踏み込む。エンジン音が一段と高くなり、カーラジオから流れてくる春めいた陽気な音楽と、風切り音が混ざり合う。

(忙しかったから、全然行けなかったなあ。三週間ぶりか)

目的地は南伊豆。自由気ままなひとりキャンプだ。

陽一は去年の夏くらいから「ソロキャンプ」にハマっていて、週末になればキャンプ場にひとりで出かけていく。都会のしがらみから離れ、誰に気兼ねすることもなく自然の中で過ごせる時間は、贅沢としかいいようがない。大学時代に山岳部だったから野営はお手の物なのだ。

陽一は都内の食品メーカーに勤めて二年目の二十四歳である。

仕事はとにかく毎日忙しい。だからソロキャンプに癒やしを求めるのだ。

だがまあ、本音を言えば……。

たまには一緒に行ってくれる女性でもいればいいのだが、いまだ経験人数ひとりの準童貞みたいな男に、女の子を誘うほどの甲斐性はない。

目的のキャンプ場は、ブナ林に囲まれた自然の中にあった。

林道の終点にあり、夜は真っ暗闇で満天の星空が楽しめる穴場である。

しかも今朝は雨だったから、まだ地面は濡れていて他のキャンパーは皆無だ。

管理人室でチェックインする。

場内を歩いて、平らなところに場所を決めてナップザックを下ろす。砂利のところはそれほど濡れていない。これならシートを敷けば浸水しないだろう。

とりあえず折りたたみ椅子を広げて腰を下ろす。

「んああ、気持ちいい」

爽やかな空気に触れていると、身体が浄化されていく気がする。風の音、木々のこすれる音、鳥の声……静けさの中で、陽一はなにをしようか考える。

まずは焚《た》き火だ。それでお湯を沸かして珈琲《コーヒー》を淹《い》れる。澄み切った空気の中で飲む苦みと味わいは格別の一杯である。

次に炙《あぶ》ったオイルサーディンを肴《さかな》に、ビールで喉を潤しつつテントを設営。そして今日のメインディッシュ。熱々の鉄板で分厚い肉を焼き、塩をパラパラ。椎茸バターの炙り焼きに、ジャガイモのソテーもつくろう。

さて、ビールでも飲もうかとナップザックに手を入れたときだった。

（おいおい、嘘だろ……）

女性三人組が賑やかにやってきて、陽一の視界に入る場所に荷物を置いたのだ。見たところ、キャンプ初心者のようだった。防水対策ができているようには見えなかったが、まあ、なんとかするのだろう。

（仕方ない。場所を変えるか……）

視界に人が入るのはごめんだった。

その前に、もう少しだけ静かにお願いします、と言うだけ言っておこうか。うるさい男だと言われようが、ひとりの時間を邪魔されたくない。

陽一が近づく。

女性ふたりはどこかに行って、今はひとりだ。

若い女性は敷物の上で、うつ伏せになってスマホを見ていた。

気付くかな、と思いきや、彼女は鼻歌混じりに画面を熱心に見ているから、陽一が来ていることに気がまわらないようである。

(しっかし、なんつー格好で来てるんだよ。夜はまだ寒いのに)

信じられないことに彼女はデニムのミニスカートだった。

リラックスして脚を動かしているからデニム生地がズレあがり、真っ白い太ももの裏側が、きわどいところまで見えている。

(これじゃあ、ちょっと動いただけで下着が見えちゃうじゃないか……)

と、陽一が淫らな妄想をしているときだ。

彼女がうつ伏せながら大きく「うーん」と伸びをして、ミニスカのお尻を突き出した。太もものつけ根に真っ白な下着が食い込んでいるのが、もろに見えた。

(う、うわっ、パンティ……白だ)

陽一は声をかける機会を失い、ただただ唾《つば》を呑み込んだ。

ナイロン素材の純白下着は、見せる気など毛頭ないという感じの、使い込まれた地味なパンティだから、見えてしまったときのイケナイ度合いが凄まじい。

（お尻がぷりんとして可愛い……うっすら尻割れまで浮かんで、いやらしいな……）

腰はつかめそうなほど細いのに、そこから急激に広がって、悩ましい丸みを描いている。パンティが小さいのか、下着から尻肉が半分ほどあらわになっていて、それがまた実に白くて滑らかだ。

小柄なのに肉づきがいい彼女の尻はムチムチしていて、くなっ、くなっ、と揺れるヒップを見ているだけでムラムラする。

（まるで後ろから入れて欲しいって、おねだりしているみたいだ……アダルトビデオでいう「女豹《めひょう》のポーズ」ではないか。

青空の下の純白パンティ。なんという健康的なお色気か。

陽一は扇情的な光景を前にして、石のように固まってしまった。そのときだ。

何の前触れもなく、彼女が仰向《あおむ》けになった。

視線が合う。

彼女の顔が強張《こわば》り、みるみる赤くなって、さっと素早くスカートの裾《すそ》を押さえて起きあがった。

「誰？　ああ！　スカートの中、覗いてたんでしょ。ち、痴漢！」

大きな双眸《そうぼう》で睨《にら》んでくる彼女に、陽一は焦りながらも、言い訳より先に別のことを考えてしまった。

(これは……か、可愛いなんてもんじゃない……超可愛い……)

黒髪のショートボブに、大きく、くりんとした目。

アイドルにいそうなほどの整った美しい顔立ち。

ボーイッシュな雰囲気だが、ネルシャツの胸をこんもりと隆起させるふくらみは、実に悩ましい。その可愛いルックスと巨乳がアンバランスすぎて、視線がどうしても丸みをとらえてしまう。

「……!」

いやらしい目線を感じたのだろう。彼女はハッとして胸元を手で隠してから、唇を嚙《か》みしめ、再びものすごい形相で睨んでくる。

「お、大声出すわよ。ひとりじゃないのよ」

「いや、ちょっと。ち、違います! 違うんですって。その……」

誤解を解こうと一歩近づいたときだ。

ぬかるんだところに足を取られ、彼女目がけて陽一は倒れかかった。

「おわっ」

「きゃっ！」

どうにもならず、ふたりでもつれて敷物の上に寝転がる。

咄嗟《とっさ》に手で支えたから、全体重が彼女にかかるのは防いだものの、小柄な彼女に覆い被さる格好になってしまった。

（顔に柔らかいものが当たっている……あったかいマシュマロみたいだ……って待てよ、これって……）

ハッと頭を上げると、彼女が真っ赤になって右手を振りあげたところだった。

この大きなおっぱいがクッションになっ……。

「変態ッ！」

彼女が叫んだ。

次の瞬間、パチーンと大きな音が響いて左頬がジーンと痺れた。

痛すぎる。女性にビンタされたのは初めてだ。

驚きすぎてどうしたらいいかわからない。

「なにしてるのよ、綾《あや》。これ、誰？」

仲間のふたりが戻ってきた。ふたりとも成熟した美人だった。彼女が涙ぐんで、陽一のことを痴漢だ変態だ、と、ぼろくそに伝えている。

警察に突き出されかねない勢いだ。陽一は慌てて頭を下げた。

2

「ウフフ、で、どうだったの？　綾ちゃんのおっぱいの感触は」

奈々子《ななこ》が言う。

飲んでいたワインで噎《む》せた陽一は、涙目になって何度も首を横に振る。

「げほっ、げほっ、お、覚えてませんよ」

「あらら？　おっぱいに触った自覚はあるんやね。どうなの陽一くん。ホントは覚えてはるんやない？」

立て続けに玲子《れいこ》も、酔ったらしくのどかな京言葉で際どくからかってくる。

「いやん、もう。ふたりともやめてくださいっ」

横に座る綾が非難しつつ、こちらをジロリと睨んできた。

「いや、ホントに覚えてないですって……」

本当のところ、おっぱいの心地よい感触は、まざまざと脳裏に残っている。

陽一は折りたたみ椅子に座りながら、焚き火の前で身体を熱くさせてしまう。

綾にビンタされた、あのあと。

彼女に抱きついたことは事故だと必死に言い訳すると、一緒に来ていたふたりは理解してくれた。

で、そのお詫びにとテント張りを手伝ったら、夕食のあとの焚き火でのまったりしたワイン会に誘われたのだ。

三人は大学時代のサークルでの先輩後輩、そしてたまに遊びに来るOBという関係だったのだが、それが卒業してからも続いて、今もこうしてたまに一緒に遊びに行くほど仲がいいらしい。

「あら、赤くなった。それアルコールのせいじゃないわよね」

人なつっこい笑顔で微笑むのは、年長者の川上《かわかみ》奈々子だ。三十三歳。しっとりと落ち着いた大人の女性だった。

少しばかり目尻の下がった優しげな顔立ちが、いいお母さん的な雰囲気を醸《かも》し出している。大学卒業後、すぐに結婚し、小学校六年生の男の子がいるらしい。

今はロングヘアをポニーテールにまとめているが、ほどいたらグッと女っぽさが増しそうだ。

「可愛いわあ。なんなら私の触ってええよ。綾とどっちが柔らかい？　大きさはあっ

である。

陽一に刺激的な言葉をかけてくるのは、やけに色っぽくセクシーな人妻、潮谷《しおや》玲子ちに完敗やけど」


年齢は三十歳。

大きな双眸がとろんとしていて、厚ぼったい唇がやけに男心をくすぐってくる。甘えるような舌足らずなしゃべり方も実に艶《つや》っぽい。

生まれは京都で、たまに出るはんなりした京なまりが愛らしい美人である。

(きれいな人妻ふたり、たまんないな……ん？)

横から禍々《まがまが》しい視線を感じた。

もうひとりのショートボブの女性が、嫌なものを見る目で陽一を見ている。陽一がおっぱいダイブしてしまった女性、本宮《もとみや》綾だ。

彼女は二十七歳と陽一より三つ年上だったが、顔立ちだけ見れば、自分より下に思えるほどの童顔である。

アイドルみたいに可愛らしくて、もろに陽一のタイプなのだが、出会いは痴漢冤罪《えんざい》と最悪で、いまだほとんど口を利いてくれない。

おっぱいに顔を埋めたのは不可抗力で、何度も謝ったのだが、聞く耳を持たないのだ。可愛いが、性格はかなり意固地なようだ。

そんな態度なら、こちらもお断りだと思うのだが、ついつい目が彼女の魅惑的なネルシャツのふくらみに向いてしまうのが哀しい。

（柔らかかったなあ……おっぱいって、あんなにふにゃんとした気持ちいいものだったっけ。ブラジャーの感触がしたけど、下着がなかったら、もっと柔らかいんだろうな……）

今夜はテントの中で悶々としそうだ。

と、思っていたら綾がワインの瓶を向けてきた。

「長沢さん、ありがとうございました。テント設営を手伝ってくれて。お疲れでしょう？　早く寝ないと」

綾が刺々《とげとげ》しい言い方をしながらワインを紙コップになみなみついでくれる。

早く酔っ払って寝てください、というメッセージらしい。

「疲れていませんよ。ペグ打ちだけですから簡単です。女性の力ではキツいかもしれないけど」

陽一がドヤ顔で返す。綾は、フンとそっぽを向いた。

「あのテントは私たちだけじゃ無理だったわね。おまけに焚き火も作ってもらっちゃったし、頼りになるわあ、ようへいくん」

焚き火を挟んで向こう側にいる奈々子が、コップを傾けながら言う。

「あの……ようへいじゃなくて、陽一です」

「あ、ごめんなさい。陽一くんね。やだ、おばさん酔ったかしら」

ウフフと笑う顔は、確かに少し赤らんでいる。しかし、焚き火の炎越しに見るから赤く見えるのかもしれない。

(それにしても、奈々子さんも玲子さんも可愛いな。アラサーで落ち着いて見えるのに、笑った顔が女の子みたいだ)

綾は警戒して、ぶかぶかのパーカーで胸のふくらみを隠している。

だが人妻ふたりはVネックのニットを着て、おっぱいの丸みをぱっちり見せていた。

玲子は小ぶりで形がよく、奈々子は綾より若干大きいくらいだが、少し垂れ気味なのか胸の位置が若干低い気がする。

そして、三人の下半身は……これがさっきからヤバかった。

三人は来る途中に、泥水を踏んでしまい、レギンスやタイツを汚してしまったのだそうだ。今はテントから枝に張った紐に、それらをかけて焚き火で乾かしている。

替えは一応あるらしいのだが、それらは就寝用にとってあるらしい。

ということで。

綾はミニスカ生脚で、奈々子と玲子は腰にバスタオルを巻いただけ。椅子に座った上品な人妻たちの肉づきのいい太ももが、さっきからチラチラと見えていて気になってしょうがない。

「でも、陽一くん、ひとりでゆっくりと過ごそうとしてたんでしょ？　ホントは私たちがお邪魔やったんやない？」

玲子がワインを飲みながら言う。

「いえ。いつもひとりですから。たまには、というか、こんな美人のみなさんに囲まれるなんて、滅多にないですから」

思い切って軽口を言ってみた。どうも自分も酔っているらしい。

「嬉しいわ、こんなおばさんたちにもそんなこと言ってくれるなんて」

焚き火の向こうで奈々子が笑う。そのときだ。いいお母さん風の優しげな色白美人が誘うような目つきをした。

(なんだろ……いまの視線……ぇ？)

向かい側に座る奈々子の膝が動いたような気がして、陽一は視線をやった。

間違いない。腰にバスタオルを巻いただけの刺激的な格好をした奈々子が、にわかに膝を開いたのだ。
おそらく正面にいる陽一にしか、見えないだろう。
奈々子は柔和な表情を崩さず、何事もないように会話を続けている。
だがやはり見間違いではなく、奈々子の膝頭が左右に少しずつ開いていた。
(酔っているから、緩くなっているのかな)
陽一は奈々子の顔を見つめる。
すると、奈々子がイタズラっぽく微笑みかけてくる。
(もしかしてわざと脚を開いて見せてくれている？　まさか、どうして？)
陽一は大いに戸惑い、どうしたらいいかわからなくなる。
そんなときだ。
奈々子は話をしながら、スカート代わりのバスタオルを、ふたりにわからぬように
そっとたくしあげてきた。見えてはいけないはずの太ももの内側が、陽一の目にばっ
ちり飛び込んできた。
焚き火越しに見える白い脚が、実に艶《なま》めかしい。
(奈々子さん……綺麗なお母さんは、こんないやらしい太ももをしているのか……)
会話していても、美熟女の脚の付け根が気になって、何も頭に入ってこない。

しかもだ。

奈々子が身を乗り出した拍子にさらに膝が大きく開いた。

（うわっ。見えた。奈々子さん……美熟女のパンティ、ベージュだ）

頭の奥が痺れ、酔っていたはずの頭が覚醒する。厚手のズボンを穿いているのに股間が勢いよく盛りあがる。

見てはいけない、そう思うのに一度見えてしまったら駄目だった。

奈々子のバスタオルの奥が、焚き火で明るく照らされている。

パチパチと薪《たきぎ》が爆《は》ぜ、柔らかい炎の温かな揺らぎの向こうに、いやらしすぎる光景が広がっている。

美熟女のパンティは見えっぱなしだ。

もっと目をこらした。

地味なデザインでわりと大きめの下着。いわゆるおばさんパンティだ。

洗濯して布地が柔らかくなっているのか、クロッチに縦溝が浮かんでいる。

（普段使いのパンティなんだ。奈々子さんの汗や愛液なんか、いっぱい吸い込んでいるんだろうな）

蒸れた股間のいやらしい匂いと熱気が、ここまで漂ってきそうだった。あの布一枚脱がせば、奈々子さんの恥ずかしい部分が……そう思うだけで股間が疼《うず》く。

陽一は奈々子の顔を見た。

優美な表情をつくってはいるものの、目の下の赤み具合は隠せない。

成熟した人妻であっても、パンティを見せるのは恥ずかしいのだろう。時折、つらそうに目を伏せてハア、と色っぽくため息をつく。

（わざとだよな……なんで俺なんかに下着を見せてくれているんだ……？）

陽一は奈々子の表情を盗み見ていると、彼女が視線を合わせてきた。

うっすらはにかんだその表情に、陽一はもうどうにもならないくらいの昂《たか》ぶりを覚えてしまうのだった。

薪がパチッと大きく爆ぜる。その音でハッとして、陽一は慌てて薪を追加した。

3

（あれはなんだったんだろう）

深夜、テントの中。

陽一は寝袋の中で横になり、ランタンの明かりを眺めて悶々としていた。

ちらり横を見る。このすぐ隣に三人のテントがある。なにかあると大変だろうと、三人組の近くにテントを張り直したのだ。

思い出しているのは綾のおっぱい……ではなく、奈々子のあの淫らな振る舞いだ。

二十四歳で経験ひとりというのは、人妻たちにとってからかいがいがあるらしく、結構キワドイ冗談を言い合っていたし、かなり酔ってもいた。

(だからって、パンティ見せてくれるなんて……)

しかも昭和の清純派女優みたいな、淑《しと》やかな雰囲気の人である。そんな人が足を開いて見せてくれたのだから、興奮するに決まっている。

(ぬ、抜こう。一回抜かないと、寝られないぞ、こりゃ)

隣で寝ている女性たちをオカズにするなんて、いけないと思いつつも背徳感とスリルが興奮を募らせる。

陽一はウエットティッシュを何枚か取って、ズボンと下着を下ろした。

勃起がぶるんと飛び出してくる。先走りの汁で汚れた男性器から、もあっとした臭気が漂ってくる。

「奈々子さん……」

ベージュのパンティと、恥ずかしそうにうつむく美貌。それを思い描いて陽一は指を動かした。

そういえば、玲子さんの脚も色っぽかったな。

「玲子さん……」

色っぽくていい匂いがするセレブな人妻だった。おっぱいの形が小気味よくツンと上向いていたな。

おっぱいといえば、あの子のおっぱいの感触はすごかったな……。

「あ、綾さん……」

いつの間にか妄想は綾に変わっていた。

生意気そうだったな。でも可愛かった。

陽一は目を閉じる。

妄想の中で陽一は綾を押さえつけ、後ろ手に縛ってレギンスを脱がした。

「ああ、いやっ」

「いやなんて、もうこんなに濡れて。おっぱいが感じたんだろう？」

陽一は綾のカットソーをめくりあげる。

悩ましいほどのふくらみなのに、ブラジャーは子供っぽいライトブルーのハーフカップブラだ。少女じみたデザインに綾の性的な幼さを感じてしまう。

おずおずと揉むと、すぐに綾は「あっ、あっ」と、顔をのけぞらせながら、小さく喘いだ。

「感じやすいんだな。こっちはどうだ」

レギンスの奥に指をやると、そこはもうヌルヌルで……。

（あ、綾さん……くぅぅ、で、出るっ）

妄想が勝手に進んでしまって、収まりがつかなかった。

心地よすぎる射精だった。

ウエットティッシュで鈴口を押さえていたのに、あまりの量の多さに、寝袋にも白濁液がかかってしまう。

あーあ、と思いながら、気怠くなった身体を起こし、漂白剤のようにツンとする残《ざん》滓《し》をティッシュで拭《ぬぐ》い取った。

（妄想でも、せめて挿入までいってから射精したかったなあ）

名残惜しい気もするが、悶々とした気分は落ち着いたので、寝袋に入ってランタンの明かりを消そうとした。

そのときだった。

外から、テントの入り口のチャックがゆっくりと開けられた。顔を見せたのは奈々子だった。

「え、な、奈々子さん……？」

陽一が起きあがろうとすると、奈々子は口の前に人差し指を立てて、シーッと静かにするよう、目配せしてきた。

「ど、どうしたんですか」

狭いテントの中が、噎せ返るような甘ったるい女の匂いに包まれる。

奈々子は内側からテントのチャックを戻し、陽一を見てニコッと微笑んだ。髪の毛はまだ後ろで結わえており、スポーティなトレーナーと、グレーのレギンスに着替えていた。

テントの中だから、奈々子は四つん這いになって近づいてくる。

四つん這いになると、トレーナー越しにも魅惑的なふたつのふくらみが下垂して、こちらに一歩ずつ近づくたび、ゆっさ、ゆっさ、と揺れている。

「フフ、お礼にきたのよ」

ついに奈々子が陽一の上にきた。

柔和でタレ目がちな双眸がイタズラっぽく笑っている。顔が近すぎるから、陽一は思わず目をそらしながら聞き返す。

「お、お礼ですか」

「そう、お礼……ん？」

彼女が、すんっ、と鼻を鳴らし、寝袋のところにあったくしゃくしゃのウエットティッシュを見つけて、ウフフと笑った。陽一はカアッと身体が熱くなり、もうテントから出たくなるほどの羞恥を感じる。

「誰を思ってシタのかしら？　綾ちゃん？　私みたいなおばさんじゃ、だめだったかしらねえ」

「な、なんのこ……ん」

いきなり人差し指を唇に押しつけられた。ちらりテントの向こうを見て、ウフッと妖艶《ようえん》に口角を上げる。聞こえちゃうから静かにしてね、という合図だ。

「とぼけても、だーめ。ウチには六年生の男の子がいるのよ。息子が自分でシタあとの部屋に入るとね、こういうツンとした匂いがするの。正直に言わないと、ふたりにも言っちゃうわよ」

「い、いやそれは……あ、あの、正直に言うと……三人ともです。奈々子さんと、玲子さんと綾さん、みんな綺麗だし」

奈々子はふーん、と言いつつ、手を下方に持っていき、ズボン越しに陽一の半勃《はんだ》ちのふくらみをギュッと握った。

「うっ……くぅぅ……」

陽一が悶えると、奈々子はウフフと含み笑いした。

「三人ともなんて欲張りねえ。どうせ本命は綾ちゃんでしょう？　あん、もう……そのくせ、おばさんの胸や脚をじろじろ見るんだもの、ちょっと嫉妬しちゃったわよ」

真顔で睨まれた。

「し、嫉妬したから……見せてくれたんですか？」

思い切って言うと、奈々子の柔和な顔が羞恥で赤らんだ。

「ウフ、そうよ。キミの目がエッチだったんだから。ちょっとだけ見せてあげようかなって。あ、でも誤解しないで。あんなこと初めてだったんだからね……若い男の子の前で、脚を開いて下着を見せるなんて……恥ずかしくて……それでもね、キミにギラギラした目で見られちゃうと……」

そこまで言って、奈々子はぽうっと潤んだ目で見つめてくる。右手はふくらみを撫で撫でしていて、男性器は信じられないことに、かなり大きくなってしまっている。

「出したばっかりなんでしょう？　……若いってすごいわね」

言いながら、奈々子はちらりと向こうのテントを見る。陽一も見た。

「玲子もキミのこと、いいなと思っていたみたいよ」

ウフフと奈々子が笑う。

(玲子さんも……？)

陽一はにわかに浮き足だった。

今までひとりしかつき合ったことはないし、どうひいき目に見てもモテるタイプではない。なんでふたりが好意を持ってくれたのかと考えれば、おそらくアウトドアが得意な男はモテると聞いたことがあったから、それであろう。

まさか山岳部の経験が、今になって生きるとは……。

とか考えていると、彼女は仰向けになった陽一に寄り添うように身体を密着させ、ズボンのベルトに手をかけてきた。

手際よく外し、ジーッと音を立ててファスナーを引き下ろす。

(あっ……！)

さらにズボンと下着を下ろされると、大きな姿を現した肉棒と一緒に、淫靡《いんび》な熱気とザーメンの臭気がテントの中に籠《こ》もる。

「やだ。もうこんなに……それに男の子って、動物みたいな匂いがするのよね。ウチの子もそう。そういえばウチの子、私のパンティとかこっそり持ってってっちゃうのよ。

それでいつの間にか洗濯機の中に返されているんだけど、クロッチのところにべったりアレがついているの。男の子って母親でもエッチなこと考えるのかしら」

「ま、まあ……小六なんて見境ないですから」

こんな綺麗なお母さんだったら、イタズラするよなあと思う。息子に性的な目で見られている母親ということは、家の中でもキレイななりをしているのだろう。

「また大きくなったわ。私が自分の息子にイタズラされるのって、想像すると興奮するの？」

「う、い、いや……そういうわけじゃ……」

正直言うとかなり興奮した。肉茎が奈々子の手の中でガチガチになって脈動している。

「ウフフ。まあでも嬉しいわよ。私でこんなに大きくしてくれて……旦那はね、もう私に興味ないらしいし……」

「そ、そうなんですか……？」

「そうよう。子供を産んだらね、妻ではなくて母になるのよ。十年以上一緒にいるとね、もう家族だし……」

奈々子が寂しそうな顔をした。

この人に、性的な魅力を感じないなんてこと、あるんだろうか。陽一は驚きを隠せない。

美人だし、スタイルもいいし、人妻らしい濃厚な色香もムンムンに漂っている。男だったら誰でもエッチしたくなるような、いい女だ。

そんなことを考えていると、いつの間にかイチモツに奈々子の顔が近づいていた。いきなり肉幹にチュッとキスをされ、

「うっ……」

と、驚くと同時に腰がひくついた。

しなやかな冷たい指で勃起をいじられるだけで気持ちがいいのに、こんな麗《うるわ》しい人妻の唇が触れたなんて、もうおかしくなってしまいそうだ。

寄り添う奈々子が、上目遣《うわめづか》いに潤んだ目を見せてきた。

「ホントは、綾ちゃんにやってもらいたいんでしょうけど」

長い睫毛《まつげ》を瞬《またた》かせながら、奈々子が右手でゆるゆるとシゴきながら言う。

「そ、そんなこと、ありませんよ」

「いいのよ。わかってるもの。でもあの子もいろいろあるのよね」

奈々子の顔が一瞬曇った。

（いろいろある？　なんだろ……）

綾は独身だと聞いているが、なにか事情でもあるんだろうか。

ちょっと気になったが、キュッキュッと勃起をこすられると、頭の中が真っ白になってきて、すぐに何も考えられなくなる。

（くぅぅ……）

ジンとした痺れにも似た快感が、一気に腰から全身に広がっていく。

くすぐったさに似たムズムズが、ペニスを熱くさせていく。たまらなくなって陽一はハアハアと喘ぎをこぼし、寝袋をギュッとつかんでいた。

「敏感なのね。あまり経験がないんだっけ？」

奈々子が見あげてくる。

「え……は、はい……」

「ウフフ。じゃあこういうのも……？」

言いながら、人妻はまたイタズラっぽい笑みを漏らして、顔を寄せてくる。

「おお……うっ……ッ」

陽一は歯を食いしばった。

温かな潤みにじんわりとペニスが包み込まれていく。見れば、奈々子がポニーテールを揺らしながら、大きく開いた口で亀頭部を咥《くわ》えていた。

（うう……チンチンを奈々子さんの口に入れている……これ、フェラチオだ）

大学時代につき合った子は、フェラをしてくれなかった。というか、男性器を口に含むなんて、アダルトビデオの女優くらいエロい女性じゃないと、しないのだと思っていた。

（こんな美人が、精液を出したばかりの、生臭い性器を咥えてくれるなんて……）

薄ピンクの怒張が、美しい奥さんのピンクの唇に呑み込まれている。頬張る美人の咥え顔を見ているだけで、激しい動悸《どうき》が襲ってくる。

柔らかい舌が亀頭を包む。たっぷりと潤みを与えられてから、張りつめた切っ先をさらに奥まで咥えられ、ゆっくりと前後に顔を打ち振られた。

「あッ……くゥッ」

あまりの気持ちよさに陽一はのけぞった。

唇の締めつけ具合と、ねっとりとした口中の粘膜の感触。そして甘くとろけるような口中の温かみと唾液の感覚が、すべて敏感な男性器に押し寄せてくる。

（くうう……口でしてもらうのって、こんなに気持ちいいのか……）

震えるような愉悦《ゆえつ》を我慢しながら、陽一は上体を浮かせた。

ポニーテールが揺れ、さらさらした前髪が陰毛や下腹部をさわっ、さわっ、と撫でてくる。美熟女のふっくらとした唇が、唾液で濡れ光る肉棒にからみつきながら、前後に妖《あや》しく動いている。

「んん……んん……」

甘い息が何度も陰毛にかかり、ずちゅ、ずちゅ、という唾の音が立ちのぼる。

奈々子の着ているトレーナーの胸元が緩んでいるから、ベージュのブラジャーと白い谷間が見えている。レギンスに包まれた尻は圧倒的に大きくて、四つん這いになったまま、じれったそうに左右に揺れている。

奈々子が咥えたまま上目遣いをした。

頬を窪ませ顔を打ち振りながら、眉根を寄せて、大きな瞳をうるうると潤ませている。唾液の泡を漏らして頬張る姿が、清廉《せいれん》な母親から淫靡な人妻に変わっていく。

(ああ……僕のを美味《おい》しそうに……もしここで射精したら……)

生臭い精液を、たっぷりと口の中に出したらどんな顔をするんだろう。想像するとまた腰がひりつくほど、肉棒が漲《みなぎ》りを増してしまう。

テントの中でふたりは密着してムンムンとした熱気を放っていた。

大きなおっぱいが陽一の太ももに押しつけられている。甘い陶酔感がふくらんでいき、ガマンできなくなってきた。

「くうう……、まっ、待ってください」

陽一は呻《うめ》いて、奈々子の脇に手を入れて強引に持ちあげた。

そのまま引き寄せると抱き合う形になった。奈々子の口から、わずかに男のホルモン臭が匂い立つ。

「ンフフ……なあに、私に飲ませたかったんじゃなかったの？」

潤んだ瞳で言われて、ドキッとした。

「い、いや……そんなことは」

「そおかしら。途中、すごくいやらしい目をして私を見なかった？　ニヤニヤしちゃって。想像していたんでしょう？　私のオクチに出したら、私がどんな顔するんだろうって」

まるで心の中を見透かされているようで、陽一は狼狽《うろた》える。

だけど奈々子の乳房の重みや、鼻先にかかるアルコールを少し含んだフルーティな甘い息に、股間はますます膨張し、奈々子のレギンスの太ももに、こすりつけてしまう。

「ほら、飲ませたいって、ビクンビクンって」

「い、いえ……そ、その……ち、違うんです。もしよかったら……あの……」

そのあとが続かなかった。だがそれを察したのか奈々子がにっこりと微笑んだ。

「オクチよりも私の中にオチンチン、入れてみたい？」

「う……」

ズバリ言われて、陽一は無言で小さく頷く。頬が熱かった。

その頬に、しなやかな手がそっと触れてきた。

「若い子は、受け身よりも自分からしてみたいわよねえ。エッチな雑誌とか動画とかにあるようなこと、おばさんにしてみたいんでしょ？」

奈々子の経験豊富な人妻らしい、優しい言葉が陽一の緊張をほどいていく。

「いいわよ。練習と思って、好きにやってみて」

すっと唇が近づいてくる。濃密なムスクのような香りが鼻孔を満たし、柔らかな女の肢体が押しつけられる。

「そ、そんな……」

「いいの。おばさんの身体で、いっぱい楽しんで……そうしてもらうほうが、私も嬉しいから」

とろんとした瞼《まぶた》でじっと見つめられる。唇を押しつけられ、口を塞がれていた。

驚いて陽一は寝袋の上で身体を強張らせる。

（ああ、こんなキレイな奥さんとキスしている。とろけそう）

ぷにゅっ、とした唇の感触と、温かな呼気、さらさらな髪に顔をくすぐられて、全身に微弱な電流が走った。

奈々子はいったん唇を離して、上から陽一を見る。

ウフッと口角を上げて、微笑んでくれるその柔和な表情が、どんないやらしいことでも受け入れてくれるように感じた。

美しい額の生え際が、汗で濡れ光っている。

甘い女の匂いが、ムンムンと発散されている。

ヒップやバストは十分に熟れて、三十路《みそじ》過ぎの人妻の色香が匂い立つようだった。

だれかに触って欲しくてたまらない、と訴えてくるようなド迫力の肉感ボディだ。

「キスは初めてじゃないわよね」

「え……は、はい……」

「もっとしたい？」

「そ、それはもちろん……んっ」

奈々子は再び顔を被せてきて、顔の角度を微妙に変えながら、チュッ、チュッとついばんでくる。うっとりとしているところに、つるっとしたものが入り込んでくる。

（んんっ……！）

濡れた舌が唇のあわいから入ってきて、陽一の舌先を舐《な》めまわす。

驚いた。しかし、あまりに気持ちよくて、自然と自分も舌を動かしていた。

ふたりの舌がねちゃねちゃと音を立ててもつれ合う。

甘い唾液の味と、奈々子の温かな呼気が頭を痺れさせていく。

会ったばかりの美しい人妻と、恋人同士のような深いキスをしていることが信じられない。

うっとりしながらも、これは現実だと奈々子を抱きしめる。

長く深いキスは、奈々子が自分のすべてを受け入れてくれたことだと悟った。

「んふ……」

「ん……」

狭いテントでランタンの明かりの中、ふたりの欲情しきったくぐもったキスの吐息と、抱きしめ合ってこすれる衣擦《きぬず》れの音が淫靡に聞こえる。

（奈々子さん……）

性愛あふれるキスをしていると、これからこの人とひとつになるんだ、ということを強く意識させられる。

奈々子のレギンスの下腹部が、じれったそうに陽一の腰にすりつけられていた。

彼女も欲情しているんだ……たまらずキスしながら両手で抱擁し、そのしなやかな背中から下へと手を下ろしていく。

お母さんという雰囲気の優しげな色白美人なのに、スカートを押しあげるヒップの丸みや、トレーナーの胸のふくらみが、いやらしくてたまらない。

もうガマンできなかった。

陽一はくるりと位置を変えて、奈々子を寝袋の上に仰向けに寝かせる。

トレーナーの大きなふくらみが目の前で揺れる。夢中になって、そのふくらみをギュウゥとつかむと、

「ンンッ……くっ！」

と、奈々子がつらそうに眉根をたわめ、唇を食い縛って小さく呻く。陽一はハッとして手を緩めた。

「い、痛かったですか？」

「……うん、少しね……でも大丈夫」

今度はトレーナー越しのふくらみを優しく撫でた。奈々子がクスクスと笑って、く

すぐったそうに身をよじった。

「ウフフ……大丈夫だってば……ほら」

奈々子は自ら腰を浮かせ、レギンスをズリ下ろす。

まばゆいばかりの白い太ももと、ベージュのパンティに包まれた下腹部があらわになる。奈々子は耳まで赤くしながらも、ウフフと照れたように笑い、陽一の右手をつかんで股間にまで持っていく。

「ほら、パンティの中、触ってみて……」

甘い声でささやかれる。陽一はもう事切れそうなくらいに興奮し、汗まみれでパンティの中に手を滑り込ませた。

震える手で柔らかな繊毛を撫でていくと、その奥にふっくらした肉土手の感触がある。

(あっ……！)

陽一は目を見開いて奈々子を見る。

「……わかった？　濡れているでしょう？」

奈々子が濡れた瞳で見つめ返してくる。陽一が小さく頷くと、彼女はわずかにはにかむように目を伏せる。

「だから大丈夫よ。気にしないで、自信を持っていいのよ……」

「あ、は……はい……」

自信どうこうよりも、奈々子がこれほど濡らしていることに陽一は興奮した。

指を濡れ溝に当ててるだけで、熱い粘液がからみついてくる。

陽一は指を鉤《かぎ》状にして上下にこすると、ぬちゃ、ぬちゃ、と猥褻な水音が狭いテントに響き渡り、獣《けもの》じみた女の発情臭がむあっと広がった。

「んっ……んっ……」

奈々子は目を閉じて、陽一の愛撫に震えているようだった。その切なそうな表情が人妻の色っぽさに満ちていて、ますます昂ぶってしまう。

女の肉唇をこする指が小さな孔《あな》に触れる。

（ここだ。チンチンを入れる場所……）

軽く力を入れると、閉じている姫口を押し広げるようにぬるりと嵌《は》まり込み、

「あああ……！」

と、喘ぎ声を発して奈々子が仰《の》け反った。

さらに奥まで指を押し進める。熱くどろどろした熟肉が、指を食いしめるように包んで、うねうねと引き込んでくる。

(女の人の膣内《ちつ》って、すごい……)

ぐちゅ、ぐちゅ、と内側をこするように指を動かせば、

「ああっ、あああっ……いい、いいわ、上手よ……」

奈々子はハアハアと荒い息をこぼし、胎内からはぬるっとした大量の蜜があふれ、陽一の指はおろか手のひらまでもびっしょり濡らす。

すごい。なんだこれ、ちょっと見てみたい。

陽一は鼻息荒くパンティに手をかけ、するりと剝《む》き下ろした。

(おおお……)

奈々子の太ももにからみついたパンティのクロッチに、ねっとりと濃い粘液が染みていた。

「やんっ!」

奈々子は上体を起こし、クロッチを手で隠した。

「み、見ないで……」

恥ずかしそうに、上目遣いにうかがうような視線をよこす。まるでいたいけな少女のように本気で嫌がっているから、陽一はさらに燃えた。

「な、奈々子さん、さっき、どんなことをしてもいいって……。だから、きちんと見

せてください」

「え……でも……でも……」

奈々子が困ってひるんだ隙に、クロッチを隠す手を引き剝《は》がし、寝袋の上でその手を押さえつけた。

「あん……なにするの、だ、だめっ」

「あんまり暴れると、聞こえちゃいますよ」

耳元でささやくと、奈々子がハッとしたような顔で睨んでくる。

「……いじわるね。そういうタイプなの？」

「そんなことないです。奈々子さんが可愛いから……いてっ」

ぴしゃ、と左手で肩を叩かれた。陽一はしかめっ面《つら》をしながらも、身体をズリ下げつつ、脚にからまっていたレギンスとパンティを爪先から抜き取った。

ぐっしょり濡れたパンティを手に取ると、奈々子が「返しなさい」とばかりに睨みつつ手を差し出す。しかしそれを無視して、パンティを広げて裏返した。

「すごい……」

クリーム色に濁った淫水を吸ったクロッチに目を見張る。

ツンとする発情の臭いが鼻奥に流れ込んでくる。

「いやっ、もう……」

奈々子は愛液まみれのパンティを陽一の手から奪い取ると、寝そべったまま、そっぽを向いた。

その仕草があまりに愛らしく、陽一は猛烈に昂ぶった。

陽一は覆い被さりながら、奈々子の身体をトレーナーの上からまさぐった。乳房を揉みしだきつつ、濡れそぼるワレ目にも指を這わす。

「んうっ……あんっ、いきなり乱暴になんて……んんっ」

奈々子がトレーナー一枚だけの格好で、剥き出しの美脚を悶えさせる。

夢中になってトレーナーをめくりあげると、奈々子もバンザイして、脱ぐのを手伝ってくれる。

目の前にベージュのブラジャーに包まれた、たわわなふくらみがあった。

フルカップのブラジャーなのに乳房がこぼれるばかりに実っていて、いまにも飛び出してきそうだ。

「な、奈々子さんっ……」

ガマンできずに恥ずかしげもなく、顔を肉房に埋めてブラカップを押しあげると、奈々子が背を浮かせて自分の背中にまわし、ブラジャーのホックを外して、肩から滑り下ろしていく。

（うおお……）

鏡餅のような巨大な軟乳がたゆんと揺れてこぼれ落ちた。

静脈がすけるほど白い乳肌に、少しくすんだ薄桃色の乳首。乳輪は大きく、わずかにぷくっとふくらんでいる。

熟女らしい、いやらしいおっぱいだった。

「大きい……昔からですか？」

愛撫しながら耳元で言う。奈々子はウフッと笑って困ったような顔をする。

「そうね、中学校くらいから、大きく……んっ……！　あっ……あっ……」

陽一が汗ばんだ手のひらで、ぎゅうと揉み込むと、なにも力を入れていないのに指が沈み込んでいく。それだけで、奈々子は続きを話していられなくなり、「あん、あん」と可愛らしく悶えて黒髪を揺らす。

（ううう、なんて大きくて柔らかいんだよ……）

片手で収まりつかないふくよかな乳肉の、しっとりとした肌ざわりと指を押し返す弾力に、陽一は唸りをこぼした。

指を食い込ますように何度も揉むと、マシュマロのように、奈々子のおっぱいはいびつに形を変えていく。

「あっ、んっ……」

色っぽい息を吐きながら、人妻のヒップが妖しくくねる。

仰向けのまま、下から腰をせりあげて股間をグイグイと押しつけてくる。成熟した腰部の量感がたまらない。

指先に当たる薄桃色の乳首は縮こまっていたが、指で捏《こ》ねているうちに、むくむくと頭をもたげて硬くなってくる。

その突起に指が触れると、

「あんっ……！」

びくっ、として奈々子が顔をのけぞらせる。

その官能的なまでに成熟した女の反応に、陽一はますます滾《たぎ》り、いよいよ円柱にせり出した薄い桃色の乳首を、チュウと口に含み吸い立てた。

「ああんっ！」

奈々子の背がきつく反り返り、形の良い顎がクンッと跳ねあがった。

「あんっ……だめぇっ」

双眸を潤ませながら、人妻が寝袋の上で、くなくなと身悶える。

もうたまらなかった。

うねりあがる快感をこらえつつ、甘美な柔らかさに満ちた乳房をじっくり揉みながら、結わえた髪の毛をかき分けるようにして、うなじにもねろりと舌を這わす。

「ぁあっ……あああっ……あふぅ……ハァ……ハアハア……ああんっ」

奈々子の喘ぎがいっそう切実なものになり、視線がうつろなままに、腰を揺らしていく。

(奈々子さん、感じている……)

乳首を指で引っ張ったり、ねじったりしながら、舌先をまたそのシコッてきた乳首に持っていけば、

「ううう……ああっ……だ、だめ……ンあああッ……だめっ、いけない……ああんっ」

奈々子がすがるような目で見つめてきて、顔を横に振りたくる。

右手をすかさず股の間に持っていけば、おびただしい愛液が漏れていた。顔を近づけようとしたら、奈々子は両脚をギュッと閉じた。

「あ、脚を開いてください」

「……ああん、そんなのダメよ。恥ずかしいわ」

奈々子がもじもじと太ももをすり合わせる。

「約束です。好きなことしていいって。自分で両膝を持って脚を開いてください……」

怒られるかな、と思った。だが奈々子は、恥ずかしそうにうかがうような視線をよこしてくる。

「ホントにしなきゃ、だめ？」

上目遣いに媚びるような甘えた声で言う。ドキッとした。

「み、見たいです……」

「………」

奈々子はもう覚悟を決めたという顔をして、わずかに膝を開いていく。

（おうう……）

両手で自分の膝を持ち、ゆっくりと左右に開いていく。

漆黒の陰りの奥が見えてくる。奈々子はつらそうにしながらも、ついには陽一に向けて両脚を開ききった。

「……ああ……」

あまりにすごい光景に、陽一の口から思わずため息が漏れた。

震える手で膝を押さえながら、三十三歳の人妻は「どうぞご覧になって」とばかりに、Ｍ字開脚をして恥ずかしい部分を晒している。

ムッチリした太ももと、スラリと長い脛《すね》、そして細くくびれた美しい足首が震えている。脚が長いから、卑猥な開脚も迫力がある。

腰はほどよく引きしまっているのに、そこから急激にふくらんで、ボリュームたっぷりの熟した尻につながっている。

三十三歳の裸体は、過剰なまでの成熟味と、息苦しいほどの色香にあふれかえっている。恥ずかしがる清純そうな美貌と、ムチムチの色っぽい体つきのギャップがたまらなかった。

陽一も上を脱いで、いよいよ全裸になった。

ピンクの怒張はますますいきり勃ち、鈴口からのガマン汁で、半透明にコーティングしたようにぬらぬら照り光っている。

両脚を開いたまま、奈々子がちらりと怒張を見て、恥じらいがちに笑う。

すぐにも入れたかったが必死にガマンして、陽一は脚の付け根に顔を寄せていく。

「くぅぅ……うう……」

まだ触れてもいないのに、奈々子がくぐもった声をあげて尻を揺らす。

本当に恥ずかしいのだ。

だったらもっと責めてやりたいと、女の口に鼻息が当たるほど顔を近づける。

人妻の恥部は、清楚で優しげな雰囲気とは裏腹に、生々しいほどの淫靡さが漂っていた。肉厚のヴァギナがぱっくり広がり、中身の赤黒く充血した膣襞《ひだ》が生き物のように蠢《うごめ》いている。

縁は蘇芳《すおう》色でわずかに色素が沈着している。濃厚な磯の香りがプンと漂い鼻先にこびりついた。

両手で太ももを押さえつけながら、伸ばした舌でぬるっと舐めあげると、
奈々子が可愛らしい声を漏らして、顔を跳ねあげる。

「あんっ……！」

酸味ばしった強烈な味と匂いなのに、むしろ引き込まれるように、ずっと舐めていたくなる。今度はワレ目に唇を押しつけた。

ぢゅ、ぢゅるっ、ぢゅるる……。

思い切り吸い立て、舌で濡れ溝をべろべろと愛撫すると、

「あはぁっ……んはっ……んふ……ンンッ……」

奈々子の両脚がだらりと開ききり、腰が何度もうねってくる。

顔を見れば、指の背を噛むようにしながら、三日月のように細めた目が宙を彷徨《さまよ》っている。桃色に染まっていく目元がしっとり潤んでなんとも妖しい。

陽一は再び開ききった両脚の付け根に顔を寄せ、両手で太ももを押さえつつ、丹念にねろりねろりと舐めあげる。

「うっくぅっ……んんむっ……んくぅぅ」

舐めながら上目遣いに見れば、奈々子は唇をキュッと引き結んでいる。

だが、すぐに快楽に負けて眉根をつらそうにハの字にして、

「あっ……そんな……だめぇっ……あんっ」

と、甘い声をあげて背中を反り返す。

「内側がオツユであふれていますよ……」

陽一が舐めつつ、ため息交じりに言えば、奈々子は「いやっ、言わないで」と可愛らしく拗《す》ねたように言い返してくる。

それが可愛いので、陽一は左右のラヴィアに人差し指と中指をあてがい、Vサインのようにして押し広げた。

「あっ、やんっ」

恥じらうように、奈々子が豊腰を揺らす。

そんな奈々子を尻目に、陽一は広げた恥部をじっくり覗き込んだ。

熱い粘膜が膜を張り、透明な蜜がとろとろとこぼれてくる。陽一は舌を伸ばして、その甘蜜をすくうように襞の奥をねろりと舐めた。

「あ、あんッ！」

奈々子のムチッとしたヒップがビクッと大きく揺れた。さらには上部にある小さな突起も狙いをつけて舐めあげる。

「くぅぅ……！　そ、そこはいやっ……そこはだめなの……もっと優しくして、女の感じる場所よ。くうう、はあああッ」

（そうか……ここ……クリトリス……）

確かに小さな蕾《つぼみ》がある。そっと舌先でつつくように刺激すれば、

「あんっ……ああっ……ハアハア……ああんっ」

奈々子が子供の泣き声のような高い声を発して身悶える。

（一度射精しておいてよかった……）

それがなかったら、もうとっくに暴発していただろう。それほどに三十三歳の美人妻の肉体も反応も魅力的すぎた。

続けざまに膣口を舐めながら、右手の指先でクリトリスを軽く叩いたりすると、そ

れがかなりよかったのか、

「い、いやッ……あああ、そこは……ああん、だめっ……だめっ……」

奈々子はもうガマンできないという風に、もどかしげに腰をくねらせる。

そして次第に人妻の唇が開き、悩ましい喘ぎ声が連続で漏れはじめた。

「ああんっ、もうだめっ……お願いッ……陽一くんっ」

紅潮した顔で、奈々子が泣き叫んだ。

陽一はハッとして隣のテントの方を見る。

大丈夫だ。起きる気配はない。

奈々子を見る。

表情はもう切羽つまっていて、苦しげに寄せていた眉間のシワが呆《ほう》けたように横に広がり、快美の色を濃くにじませている。

美しい肢体を何度もよじらせ、寝袋のナイロンをギュッと握りしめて、ぶるっ、ぶるっ、と震えている。限界なのだろう。

もちろん陽一も怒張はガチガチで、入れたくてたまらなくなっている。

（い、いけるか……できるのかな……）

久しぶりの性行為だ。不安はある。

だが奈々子が慈悲深い目で見守ってくれるので、思い切りがついた。なによりもこの美しい人妻とひとつになりたかった。

「いきますよ……」

陽一は立ちあがり、屹立《きつりつ》を大きく開脚させた奈々子の濡れ溝に押しつける。期待と不安に泣き出しそうな奈々子の顔を見つめつつ、硬くなったままのペニスに指を添えて、膣口をゆっくりとなぞる。

そのまま軽く、屹立の先端を孔に押し当てると、奥にぬぷりと嵌まり込んだ。

「あ、ああんっ！」

奈々子が甲高《かんだか》い声を漏らし、顔を大きくのけぞらせた。

M字に開かれた恥部を見れば、肉傘が女の熱い部分を刺し貫いていた。

もっと、ぬるりと奥まで入れる。亀頭が熱い潤みに包まれる。

「くうう……狭いっ、あったかい……！」

陽一も唸った。濃厚な粘膜が勃起を甘く締めつけてくる。

ぬるぬるした温かな坩堝《るつぼ》の中で、男性器がとろけるようだった。

膣粘膜がざめわき、吸いついてくる。

動かせば、とろけきった媚肉がヒクヒクと蠢動《しゅんどう》して、なんともむず痒いような快感を与えてくれる。

「ああ、そんな……そんな奥に……ああん、いやっ……」

言いつつも、奈々子はキュッとくびれた腰から、意外にボリュームのある太ももまでをくねくねと悩ましげに揺らしている。

「な、中がうねっていて……き、気持ちいい」

自然と腰が動いていた。

ずちゅ、ずちゅッ、と水音がテントの中で反響し、突き入れるたび、奈々子の美貌が、今にも泣きそうに崩れていく。

ぼうっと霞《かすみ》がかった目をウルウルさせ、唇が開きっぱなしで「あん、あん」とよがり泣き、寝袋を必死につかんでいる様が愛らしくて仕方がない。

「た、たまりませんよ……」

ハアハアと息を荒げながら、膝立ちして結合部を見る。

ぬらついた肉棒が、赤貝の剝き身のような女の襞を大きく割りさいて、深々と吸い込まれている。

その様子に、美しい人妻とつながっている実感が増して、ジーンとする。

（ああ……夢みたいだ）

奈々子は本当に魅力的な、大人の女性だった。

柔和な顔立ちだが愛嬌があり、包容力のある母性をあふれさせつつも、閨《ねや》の姿はなんとも言えず色っぽく、このギャップがたまらなくそそる。

顔だけではない。

すべすべした肉体も熟れきっていて、柔らかく抱き心地がいい。

反り返った上体には、重たげなバストがゆさりと揺れていて、わずかにくすんだ小《あ》豆色《ずき》の乳首が、もうピンピンにせり出している。

もっと突いた。自分のものにしたかった。

息をつめ、前傾姿勢で深々と突き刺した。肉のエラは膣膜を甘くこすり、ざらついた奥までを切っ先で穿《うが》つ。

「ああっ、だめっ、だめっ、ああ、ああ……」

奈々子は美貌をゆがめ、顔を横に打ち振った。

ぐちゅぐちゅと淫音が混ざり、切っ先は熱く蕩《とろ》けるような喜悦に痺れていく。

「あんッ……はぁん……んっ……んっ……んふんっ……あぁんっ……いいの……」

奈々子も、いよいよ切実な表情を見せて、しがみつくように陽一の身体を抱きしめてきた。

陽一は息を荒げつつも、怒濤《どとう》のピッチで剛直を突き入れる。

「ううっ、な、奈々子さん」

「陽一くん……んふっ」

見つめ合い、どちらからともなく熱い口づけを交わす。

奈々子の舌先がちろちろと唇を舐めてくる。

優しく温かい吐息と甘い舌にうっとりし、陽一も口を開いておずおずと舌を差し出した。

ぬめる舌をもつれ合わせ、ねちゃ、ねちゃ、と深いキスに興じる。

「んん……んんっ……」

脳まで直接揺さぶられるような、気持ちのよいディープキスに、ますますエネルギーが湧きあがり、正常位でグイグイ突き入れる。

恥毛がからみ、根元まで深く嵌まり込む。

「あんっ、そ、それ、んんっ！」

奈々子が柳眉をゆがめてキスをほどいた。清楚な顔つきからは想像もできない艶めかしい顔を見せてくる。口は半開きで、瞳はとろんと宙をさまよっている。

「あうっ……ねえっ、もっと……もっとして……おかしくなる、私、ああ……」

陽一が息をつめて腰を送る。

突けば突くほどに締まりが増す、人妻の身体にもう夢中になっていた。

そのときだった。

テントの外でガタッと物音が聞こえて、陽一は腰の動きをぴたりととめた。奈々子と顔を見合わせる。即座にランタンの明かりを消すと、闇に包まれる。

シンとした中でガサガサと音がする。そして少し離れたところから、小さい声で、

「奈々子さん？」

と、聞こえてきた。綾の声だった。

4

(いないのを不審に思っているんだ)

遠くに小さな街灯があるから、ぼんやりとだけシルエットがテントを透かして見えている。綾はテントから出てきたようだった。

緊張で心臓が飛び出しそうだ。

(開けるな。開けるなよ……)

祈るような気持ちだった。

だが逆に、このスリルが異様な興奮をもたらしてきた。

バレたらいけない。それなのに奈々子に挿入している勃起が、また力を漲らせる。

(だめだ……この状態でもしたい。もうガマンできない)

陽一はそうっと手を伸ばして、奈々子の口を右手で塞いだ。

そして正常位のままで、腰を深々と突き入れる。

「んぅ……！」

奈々子の全身がビクンと震えた。

両目を見開き陽一を見つめてくる。

《なにをしているの？》と咎めるような、そして怯えたような目つきだった。

その目を見て陽一は嗜虐《しぎゃく》的なものを感じた。たまらなかった。陽一は奈々子を押さえつけながら、ゆっくりと腰を使い始め、肉襞をこする。

「……！　んっ、う……う……」

口を塞がれた奈々子が、顔を横に振った。だが、さきほどよりも締めつけがキツくなっている。

奈々子は無理矢理に口元の手を剥がして、陽一を睨みつける。

「わ、悪ふざけはやめて……」

声をひそめ、ちらりと向こうのシルエットを見つめる。つらそうに顔が歪み、ハアハアと肩で息をしている。やばい。これは燃える。

「す、少しだけ、動かしたいんです」

「だ、だめよ、もしバレたら……」

と奈々子は否定するも、本気でいやがっている風ではない。

陽一は外の様子をうかがいつつ、恥肉の潤みにゆっくりと突き入れる。人妻の肉体がビクンビクンと大きく震え、結合部から淫らな蜜があふれてくる。

「うっ、う」

奈々子は自分の両手で口を押さえるが、今にも女の声があふれ出そうだ。顔は真っ赤で、何度も顔を横に振るが、突き入れるたびに、

「ううん……ううん」

欲情を伝えるすすり泣きが、押さえた指の間から漏れ聞こえてくる。

陽一は身体を丸め、抱きつくようにして奈々子の乳首にしゃぶりついた。

「ん……んっ……」

乳首をあやされ、同時に奥までえぐられている人妻は、もうガマンできないとばか

りに唇を突き出してきた。

ヨガリ声が漏れそうなのだろう。陽一はその口にむしゃぶりつく。

「んっ……んッ……ッ！」

キスしながら、ゆっくりストロークした。

見られるかもしれない。そのスリルがたまらなかった。股間は漲り、心臓がバクバクと音を立てている。

奈々子も興奮しているようで、荒っぽく舌をからませてくる。同時に下では、奈々子の膣が収縮し、ペニスを締めつけてくる。

（ぐううぅ……気持ちいい）

罪悪感はある。だがそれよりもスリルと興奮が陽一をおかしくさせていた。ありえない状況なのに早くも射精の前兆が襲いかかっていた。

しばらくして、足音が遠ざかっていくのが聞こえた。おそらくトイレに行ったのではないだろうか。奈々子とキスをほどいて、見つめ合った。

「ひどいわ。綾ちゃんが起きたんでしょう？　見つかったら軽蔑されちゃうわ。なのに、そんな中でもするなんて……」

「や、やめられなくなって……すみません。今戻れば、少し散歩していたとか、電話していたとか言い訳がつくかも」

「そうね……ああんっ、でも私……」

奈々子が恥ずかしそうに目を伏せた。

にわかに逡巡してから、真っ直ぐに見つめてくる。

「私……もうすぐだったの……陽一くんもまだでしょう？　お願い、あと少しだけ」

瞳がうるうるしている。そんなこと言われたら、もうだめだ。

奈々子の細腰をつかみ怒濤のストロークを送り込む。綾が戻ってくるまでにあまり時間がない。がむしゃらに腰を使った。

パンパン、と打擲《ちょうちゃく》音が響き渡る。陽一は人妻の奥へ突き入れ続ける。

「ああ、いや、いや、ああああああああッ！」

奈々子ももうたまらないといった感じで、ガマンしていたはずの喘ぎ声を、高らかに放った。まだ玲子が隣のテントに残っている。彼女に聞かれてしまっていたら……

そう思うのに、ふたりとも快楽をむさぼる本能が勝ってしまっている。

「はあああ、あああッ！」

奈々子は淫らがましくヒップを振り、太ももを震わせる。

ずちゅ、ずちゅ、と肉ズレの音が大きくなり、愛液は陽一の太ももまでびっしょりと濡らしていく。奈々子がうっすらと目を開けて、切なそうに見あげてくる。

「ああ、だめっ……もう、だめっ……イクッ！　あああ、イッちゃう……」

奈々子が叫ぶ。

（お、俺が……女性を……こんな美しい人妻を、イカせられるのか……？）

信じられないが、自分のテクニックというよりも、テントの中という非日常感が、余計に奈々子を燃えあがらせたんだろうと思った。

「むうう」

膣奥がキュウキュウと急激に食いしめてきた。肉襞がきつくペニスに吸いついてきて搾り取ろうと蠢いている。

切っ先がひどく切迫していた。もうどうにもとまらなかった。

「ぼ、僕も……僕も出ますッ」

「ああん、いいわ、ちょうだい。今日は大丈夫な日だから、ああっ……すごい……あんっ、恥ずかしいっ、恥ずかしいわ……なのに、あんっ……あぁぁんっ……イクッ……それだめっ……イッちゃううう……」

まるで少女のように震えながら、奈々子が大きくのけぞった。寝袋の端をギュッとにぎって、ぶるッ、ぶるッ、と腰を震わせる。

「ぼ、僕も……あああぁ」

陽一もしがみついて身体を震わせた。

(で、出るっ)

思った瞬間には、奈々子の膣内に熱い樹液を放出していた。

おびただしい量だった。脳みそまですべてが痺れるような気持ちのよい射精に、魂までが抜け落ちて、なのに本能が腰を振らせている。

ハアハアと喘ぎながら、奈々子を見る。

汗まみれに上気した人妻はにっこりと微笑んで、首の後ろに手をまわし、抱きつきながら、「よかったわ」というように、チュッと優しく口づけしてくれた。

第二章　人妻と森の中で

1

「長沢ぁ、ここの数字ッ！」

デスクから課長が、書類を振っているのが見える。

陽一は慌ててデスクの前に走った。

「おまえ、こんなに納品する気か？」

課長から鋭い目で睨まれた。さきほど提出した書類は、よく見れば確かに納品の個数が違っている。

「すみません。でも、先に納品しておいたらどうですかね。どうせ使うものだし」

「納品してどこ置いとくんや。おまえの家に置いてもええなら、このままの数字で出しといてもいいぞ」

課長は大きなため息をついて書類を返してきた。

戻る途中、同僚の女の子にクスクス笑われた。陽一は頭をかいて小さくなる。

二十人ほどいる課で、反応してくれるのは後輩のこの子くらいで、あとは特にリアクションすらなくなっている。

陽一が小さなミスをして課長に怒られるのが、日常茶飯事となっているためだ。

(この姿は奈々子さんたちに見せられないなあ……)

席に戻り、パソコンを打ちながらキャンプのことを思い出す。

一昨日は思いがけない出会いだった。

ひとりでのんびりしようと思っていたら、まさか美女三人と出会えて、あまつさえそのうちひとりの人妻と、ベッドならぬ寝袋をともにすることになるとは。

(テントの中でするのが、あんなに興奮するなんて……)

あのあと奈々子はテントに戻り、綾には「寝られないから散歩していた」と言い訳したらしい。

次の日は朝から快晴で、みなテント脇で朝食を取ったのだが、奈々子の顔は当然ながらまともに見られなかった。

（しかしよかった、綾さんにバレなくて……）

彼女はアイドルのようにキュートで可愛いらしく、華奢《きゃしゃ》なのにおっぱいが大きい。だが性格は難あり。それでも一目惚れだ。

しかもだ。奈々子が言うには、綾は陽一に好意を持っているらしい。

まさかとしか思えないが、そうだったら嬉しい。

（あっ、十二時か）

壁の時計を見てから、陽一は携帯と財布だけを持ち、課長にバレないように人影に隠れて部屋を出た。

今日は残業だろうから、近くのアウトドアショップに寄るには、昼休みしか時間がない。新発売の小型のコーヒーミルをどうしても物色したかった。

ショップは会社から歩いて五分のところにあった。

このところキャンプが流行《はや》っているので、昼休みも人が結構いる。

コーヒーミル以外は手に取らないぞと、堅く誓っていたのだが、新作のウェアがあると、ついつい見てしまう。

（いいなあ、この防寒具。少し安くなっているし、思いきって買おうかな……ん？）

そのとき大きな棚を挟んだ向こう側に、見知った顔がいたのを見て、陽一は目を凝らした。

(あ、あれ？　綾さん……！)

OLをしていると聞いていたが、この近くなんだろうか。

それにしても、ものすごい偶然だ。

彼女はしゃがんで、棚に畳まれたトレーナーを一生懸命にめくっている。

こちらのことにはまったく気がついていないようだ。

陽一はスチール棚の隙間から彼女を盗み見る。

OLの制服姿が似合っていて可愛い。

白いブラウスの上に、タータンチェックのグレーのベスト。下はひかえめな長さのタイトスカートで、しゃがんでいるからスカートがずりあがって、むっちりと白い太ももが見えていた。

(声かけても、無視しないよな)

最初は怒って、陽一には話しかけてくれなかった彼女だが、ワインを飲んでくだけてくると、それでも自然と会話できるまでには仲よくなれた。

ただ、陽一が痴漢だという誤解はまだ完全には解けていない。彼女の中では、どうもスケベな男というイメージがついてしまったらしい。

（いきなり声をかけて、驚かしてみようかな）

そう思って陽一も、棚を挟んで、同じようにしゃがんだ。

綾は蹲踞《そんきょ》するような姿勢をしたから、太もものムチムチさが強調されている。

ナチュラルカラーのストッキングを穿いた脚は、二十七歳の女盛りの色っぽさを感じさせる。

（可愛いのに、色気もあるんだよなあ……あっ！）

声をかけようと思ったのに、陽一はもう目が離せなくなった。

綾の膝が、わずかに開かれる。肉感的な太ももがスカートの奥の際どいところまで見えていた。

（この人、基本的に無防備なんだよな）

何かに集中するとまわりが見えなくなるタイプなのだろう。

綾が何かを取ろうと手を伸ばした。ＯＬ制服のタイトスカートから覗く膝が、さらに大きく開いた。

可愛いＯＬの股間を覆う白い下着が、ばっちりと目に飛び込んでくる。

（また見えた……綾さんのパンティ……）

陽一は鼻息荒く身を乗り出した。

クロッチの真ん中が、ワレ目の形に窪んでいるところまで見えた。汗ばんでいるからだろう、陰部にパンティが食い込んでいるのだ。

(た、たまらない……)

息苦しいほど興奮しているときだ。

トレーナーを手に取った綾がふと、棚の隙間からこっちを見た。

陽一と目が合い、「ああっ!」と驚く。

「な、長沢さん?」

「ど、どうも……偶然ですね。びっくりしました」

覗いているのがばれたかと肝《きも》を冷やしたが、綾は人なつっこい笑顔を陽一に向けてくる。

「びっくりしたあ。職場はこのへんなの?」

「僕は神保町です。綾さんは?」

「私は小川町。小さな機械メーカーで、事務をやってるの」

「そうなんですか」

と言ったきり、何を話していいのかわからなくなる。このへんが人見知りの限界値だ。綾はこっちにまわってきた。

「なにを買いに来たの？」

綾が上目遣いに言う。大きな目だ。ドキッとする。

「いやまあ、買うかどうかはあれですけど、コーヒーミルの小さいヤツを……」

「コーヒーミルって、あの豆をひくヤツ？」

「そうです。キャンプのとき、豆からコーヒーを淹れてみたくて」

言うと、綾がパアッと明るい顔をする。

「それ、美味しそうっ」

思ったよりも反応がよくて、陽一は驚いた。この前のふくれっ面とは雲泥の差だ。

「豆から淹れると美味しいんですよね。しかし、すごい偶然ですね。この店にはよく来るんですか？」

「ううん。今までお店があったことは知っていたけど、初めて来たの」

「初めてなんですか？　キャンプにハマったとか」

「まあね。あの朝日は、ちょっと感動したわよ。そういう場所、たくさん知ってるんでしょ？　私も負けずに探そうかなって」

と、綾はにこっと微笑んでくる。

あの日、キレイな朝日を見て、感動していた綾のことを思い出す。

「ねえねえ、防寒具ってどれがいいの？」

綾が手招きする。陽一は棚にある防寒具を手に取って綾に見せた。

「このメーカーのは、つくりがしっかりしてるからいいですよ。これからの時期はあんまり必要ないけど、冬とかは手袋したままでファスナーを開けられるし。あっ、ポケットは絶対ファスナーで閉じられるのがいいです」

「なるほど」

彼女が破顔してグッと身を寄せてくる。と、制服越しに量感たっぷりのふくらみがふいに右腕に、ふにょっと押しつけられた。

彼女のずっしりとした乳房の弾力を、二の腕につぶさに感じる。ベストとブラウスを着ていても、その上からはっきりと乳房の重みがわかる。

（奈々子さんより大きいかも、このおっぱい……それに弾力が……）

「そっちの棚のヤツはどう？」

彼女は目を輝かせながら、さらに身を寄せてくる。

（まるで恋人みたいだ……キャンプやっていてよかった）

いや、ここで勘違いするのはよそう。こんな可愛い人が好意を持ってくれるわけがない。

「こ、これはですね……」

緊張しながら説明する。ちらっと彼女を見た。

彼女も顔を上げてニコニコした。やけに顔が接近した。

（ああ……や、やっぱり可愛い……）

しばらくすると甘えたような口調で「あれもいいんじゃない？」「ねえねえ、あれは？」と、まさに恋人さながらにいろいろ訊《き》いてくる。

大学時代につき合っていた彼女は、アウトドアがあまり好きではなく、そのくせ陽一がキャンプやらバーベキューやら、自分の趣味を押しつけてしまって、失敗してしまった。

こういう風に一緒にアウトドアショップに行きたかったな、と、ふと思う。

「ん？　なに？」

綾が視線を感じたのか、こちらを振り向いた。

「綾さんたちは、いつも三人でキャンプに行くんですか？」

男と来ていないか探ったつもりだった。奈々子は綾をフリーと言っていたが、いまいち信じられない。それくらい可愛いのだ。

「そうね、まあそんなに行ってないけど、でもふたりとも主婦だから、時間が合わなくてね」

綾はそう言って、にっこり笑った。

「だからね、ひとりでも行けるようになりたいの。私も自分だけのキレイな景色を探したいのよ」

ここで「一緒にふたりで探しましょうよ」と言えればいいのだが、そんな口説《くど》き文句も出るわけなく、陽一は愛想笑いをした。

2

三週間後。

陽一は、綾と玲子との三人で千葉のキャンプ場にいた。

本当は例の女性三人組でキャンプに行こうとしたのだが、奈々子がいけなくなったということで、陽一が誘われたのだった。

「いいところ知っているのねぇ、陽一くん」

玲子がキャンプ地を見て、いたく感動してくれた。

場所も陽一が決めたのだが、このキャンプ場はうっそうと茂った森の中にあり、客も少ないから穴場なのだ。

　ふたりは、動画を見て予習してきたと言い、ふたりだけでテントの設営をはじめる。陽一はペグの打ち方だけアドバイスをした。

「どう？　どんくさい女ふたりにしては、上手に張れたでしょ？」

　玲子が腕組みして自慢する。

　大きく反ると、Vネック長袖Tシャツの胸のふくらみが浮き立って目が吸い寄せられる。おっぱいの谷間がしっかり見えて、ドキッとした。

（玲子さん……スタイルいいよなあ。セクシーだし）

　三人のうち、スタイルのよさと色気でいえば、一番がこの玲子である。

　三十歳の人妻ということだが、いつも目がとろんとしていて、厚ぼったい唇がやけに男心をくすぐってくる。

　ミニのスカートから伸びるレギンスを穿いた脚がすらりとして、スニーカーの足首もキュッと引きしまっている。近づくと、甘い女の体臭に香水の匂いが漂った。成熟した大人の女の色香がムンムンに漂っている。

「ウフフ」

　玲子は陽一の目を見つめ、妖艶に微笑んだ。

身体を盗み見ていたことがバレたと思って、陽一は頬が熱くなるのを感じる。

テントができたので、三人で夕食の準備をすることにした。

今日のメニューは、ダッジオーブンを使ったポトフに、フライパンで焼くピザ、ローストビーフとなかなか豪華だ。

「メニュー、凝っているなあ。食器とかもオシャレだし」

テーブルに並べられたのは、ふたりが持ってきたウッドプレートである。置くだけで一気にアウトドアの雰囲気が高まる。

「凝ってるって……今日は簡単なものにしようって、綾と相談したのよ。陽一くんって、普段キャンプでどんなもの食べてるのよ？」

玲子がおっとり口調で訊いてくる。

「いやもう、適当ですよ。でっかいハムとか、蕎麦《そば》とか、鰻《うなぎ》とか」

「鰻？　鰻ってあの蒲焼きの？　キャンプで？」

玲子と綾が顔を見合わせて「鰻だって」と爆笑する。

「だって。ひとりですから。面倒くさいときはカップラーメンとか。僕はあんまり料理とかこだわらないし」

「なるほどねえ。まあ、それがひとりキャンプの醍醐味かもね。じゃあ、あとの時間はひとりで何をしてるの？」

綾が楽しそうに訊いてくる。

「焚き火して、じいっと見てるとか、景色をぼうっと眺めてるとか」

「ええねえ、それ。でも今日は私たちと、お話しせなアカンよ」

玲子が楽しそうに言う。

料理がひととおりテーブルに並んで、ワインが置かれると、ちょっとしたディナーの雰囲気になる。

陽一はひとりキャンプがいかに楽しいかを語るが、なかなか伝わらなかった。

例えば、火打ち石でつくった火種を、少しずつ大きくして焚き火するのが楽しい、と言っても「なんでライター使わないの？」と呆れられる始末だ。男のロマンは自分の胸にしまっておこうと決めた。

夜が更《ふ》けてきて、焚き火とランタンの明かりだけになると、森の中が一気に幻想的になる。

パチパチと薪の爆ぜる音が静寂の中に広がっていく。

焚き火がなければ、森の中に吸い込まれていく感じだ。この雰囲気が、陽一はたまらなく好きだった。

ふたりものんびりとワインを飲んでいて、ゆったりした雰囲気だ。

「ねえ、トイレに行きたくなってきた。陽一くん、ついてきてくれる？　ついでにさっき言っていた薪とか拾てくれれば、ええんやない？」

玲子が立ちあがって言う。

「あっ、そうだ。そうですね」

椅子に座って、ワインを飲んでいる綾に「行ってくる」と告げて、ふたりはトイレまでの小径《こみち》を歩いた。

一応、小さな電灯があるし、月明かりもあるから真っ暗ではない。客もいないから、静かでいい雰囲気だ。

少し歩いたときだった。

玲子が陽一の左腕に手をからめてきた。

（えっ？）

彼女は上目遣いにウフフと笑う。

「怖いんやもん。迷惑？」

「い、いえ……そんな……」

「ウフフ。綾には黙っておくから、心配せんでもええよ」

ドキッとするようなことを言いつつ、玲子が胸のふくらみを押しつけてくる。薄手のニット越しの柔らかな乳房の感触を、つぶさに感じる。

そうでなくても、ミドルレングスのふわっとした柔らかな栗色の髪から、甘い匂いが漂ってきてドキドキしていたのだ。陽一の心臓は高鳴りを増す。

先日の奈々子の言葉が思い出される。

《玲子もキミのこと、いいなと思っていたみたいよ》

あの言葉は本当なんだろうか。

だがこうして誘惑するような行動をとられると、意識してしまう。

「で、どうなの？　実際のところは。綾を誘いたいんでしょう？」

「そ、それは……」

「隠さなくてもええんよ。知ってるもの。でも今日くらいは、私を向いてくれてもいいでしょう？　奈々子さんよりは小さいけどね。自分で言うのもなんやけど、形は悪くないんよ。美乳ってヤツ。ねえ、奈々子さんのおっぱい大きかったでしょう？」

「は？」

陽一は驚きながらも、思わず玲子の胸元を見てしまう。

Vネックのニット越しの胸がツンと上向いている。

（どういうこと？　奈々子さんとセックスしたのを、知っているような……）

動揺すると、玲子がイタズラっぽい目で見上げてくる。

「奈々子さんとはね、いろんなことを話すのよ。隠し事もしないの。あなたのこと一生懸命でカワイイって言っていたわ。私もそう思った。気が利くし、頼りになるし」

玲子が立ちどまった。

「ねえ……私のおっぱいも見たくない？」

突然、刺激的なことを言われて、陽一は固まった。

「は……え……？」

玲子は口角を上げると陽一の手を取り、自分の乳房を触らせる。

「う、うわっ。玲子さん、なにを……」

陽一が狼狽《うろた》える。

玲子は双眸を妖艶に輝かせ、色っぽい笑みを見せてくる。

（僕が焦っているのを見るのが、楽しいんだな）

どうやら、玲子は男を翻弄《ほんろう》する小悪魔タイプのようだ。

学生時代、一番縁遠かったタイプである。まるでその男に気のあるような素振りでメロメロにして熱を上げさせる。

可愛らしくて、色っぽくて、何をするにしても男がドキドキする、そんな女性だ。

「ええのよ、揉んでも……私のこと、いややないんでしょう？」

「そ、それはもちろん。でも、その……玲子さんは既婚者で」

「意外と堅いこと言うのね。ええんやて、あの人のことは……」

ふいに玲子が寂しそうな表情をする。どうも詳しいことはわからないが、奈々子と同じように夫婦仲が円満というわけではないらしい。

（こんな美人でも寂しいのかな……）

そう思うと、まあいいか……という気持ちになってくる。

陽一は震える手で、ニット越しの玲子の乳房をゆっくりと揉みしだいた。

「あっ……ううんっ」

玲子が身悶えして、身体を預けてくる。

乳房は手のひらにぎりぎり収まるくらいで、思ったよりもボリュームがある。

（しかし……こんなところで……）

森の中とはいえ、キャンプ場である。

見られるかもしれないという興奮と、開放的な場所でいやらしいことをするという倒錯的な行為に、陽一は気持ちを昂ぶらせる。

（時間がないけど……したい。玲子さんも楽しんでるし……）

陽一は鼻息荒く、玲子のニットの裾をまくりあげた。

首元まで一気にめくると薄ピンクのブラジャーに包まれたふくらみが現れる。

揉みしだきながら強引にブラカップをズリあげる。

すると乳首がツンと上向いた、ため息の出るような美乳が露《あら》わになる。乳輪は小さめで色は薄ピンク。三十路の人妻とは思えぬ、張りのあるバストだった。

「おお……」

思わず感嘆の声をあげると玲子は、

「あん……いやもう、いきなり脱がすなんて……恥ずかしいから見んといて……」

玲子がまわりをちらりと見てから、顔をそむける。

森の中とはいえ、開放的すぎる自然の中で乳房を露わにするのは、さすがにためらわれるようだった。

その恥じらいが、可愛らしかった。

陽一はガマンできなくなり、右手で直に乳房をつかんだ。

「んんっ……やんっ、手が冷たいっ……」

ビクンッと玲子が震えた。

春先とはいえ、夜も更けるとまだ空気がひんやりしている。陽一は慌てて手をこすり合わせてから、優しく揉んだ。

玲子の乳房は温かく、しっとりしてほどよい揉み心地だった。さらに両手を使って乳房を、ぐいぐいとひしゃげるほど揉みしだいた。

「あん、激しいのね……ンフッ……目が血走っている。可愛らしいわ」

妖しく笑う玲子の右手が伸びてきて、陽一のジャージ越しに股間のイチモツを撫でてくる
「うっ……くぅ……」

肉竿《にくざお》の形や大きさを確かめるような、いやらしい手つきだった。

気持ちよさに膝がガクガクと震えるが、地面は草や土のところばかりで横になるわけにはいかない。

（どうしよう、まいったな……）

まわりを見れば、樹皮がツルツルして、なめらかな巨木が目にとまった。

アサダやヒノキではぺらぺらの樹皮が刺さったりするが、あの木なら汚れずにすむからいいだろう。

陽一は玲子を抱いて、そのまま樹皮のツルツルした巨木に押しつけて、乳房に指を

食い込ませる。

「ううん……やだ、すごくいやらしい……」

玲子は眉根を寄せ、眉をハの字にして、切なそうな顔をする。

甘い声がシンとした森の中に響く、ハアハアと自分の荒い息がよく通り、余計に興奮が増してしまう。

陽一はさらに揉みしだきつつ、突き出すように上向いた薄桃色の頂《いただき》を、指先でくにくにと捏ねる。

「あっ……！」

玲子が大きくのけぞる。ふにゃっとしていた乳首が急激に硬くなっていく。

さらにその突起を指でつまんで転がすと、

「んっ……うんっ……あ……あぅぅ……」

顎をせりあげて、甲高い声を森の中で響かせていく。

玲子はもうダメッ、という感じで目を閉じて、ハア、ハア、と息づかいを荒くさせていく。

(感じてくれている……)

乳首をいじられる快感に、打ち震えているようだった。口を半開きにして、切なそうに甘い吐息を漏らし、腰をくねらせている。その差し迫った人妻の様子があまりに色っぽすぎて、陽一は昂ぶる。

もう夢中になって、すくいあげるように美乳を揉みしだき、片方の手でコリコリと乳首をいじくってやる。

「はあん……だめっ……感じちゃう……なんだか……私……」

玲子が切なげな吐息を漏らしながら、狼狽えるように見つめてくる。

その表情は、開放的な場所で情事をすることへの羞恥に見える。

誰かに見つかったら「あのカップル、なんてドスケベなんだ」と蔑《さげす》まれるかもしれない。

だが、してはいけないことだからこそ興奮し、燃えあがる。

綾にもバレてしまうかもしれない。それでも男の欲求はとまらない。

「こんな場所でするなんて……たまりませんよ」

陽一は夢中になっておっぱいを揉んだ。

そして顔を寄せ、円柱の形にせり出した濃いピンクの突起に、チュウゥと吸いついた。

「ンッ！　……ああんっ……い、いやっ……」

玲子が身悶えするも、抵抗は弱かった。

さらに、ねろねろと乳首を舐めれば、

「ンンッ……んふっ」

ビクッ、と肩を震わせ、ついには気持ちよさそうな声を漏らす。

反応してくれているのが嬉しくて、唾液でべとついた乳首を舌であやしながら、もう片方の乳房を揉みしだき、親指でくにくにと愛撫する。

すると、さきほどまで可愛らしい声で悶えていた玲子が、

「ぁあああん……」

と、切実な媚《こ》びた声を発するようになり、大きなヒップを、じれったそうにくねらせてくる。

さらにしつこく乳房をいじれば、

「んっ、んンッ……あ、ああんっ……だめっ、それ……あっ……あっ……」

玲子は眉根を寄せ、今にも泣きそうな顔で悶えまくる。

「アカンてば……ウチ……最後までしたくなっちゃう……」

玲子が潤んだ目で見あげてきた。

「ぼ、僕も……玲子さんとひとつになりたい……」

もう、イチャイチャするだけで終わらそうなんて、思えなくなっていた。

「ウチ、人妻よ……」

そういう玲子の表情は、しかし淫靡な笑みを漏らしていた。

明らかに陽一を挑発するような台詞《せりふ》だった。

猛烈に昂ぶった。

「……今だけ、僕のものになってください」

見つめながら抱きしめて、身体を丸めて耳の後ろや白い首筋に唇を這わす。

ちゅっ、ちゅっ、とキスをすると玲子は敏感に反応して、首をすくめる。

「やんっ……ホンマ、こそばいし、やあん、やめてー」

興奮すると出てくる京ことばが可愛らしくて仕方がない。

「ああ、可愛いですよ、その京都弁」

「いらんこと言わんといて、恥ずかしいわ、ホンマにもうっ……あっ、ううんっ……やめてってば……」

さらに舌をいっぱいに伸ばして、ねろねろと舐めていると、震えていた玲子は陽一の顔を挟むように持ちあげ、唇を押しつけてきた。

「……ぅんん……」

むしゃぶりつくような荒々しいキスだった。

苦しくなって唇をわずかに開くと、ぬるりとした生き物のようなものが、口中に滑り込んでくる。

(玲子さんの舌が……)

ねっとりと唾液を乗せた玲子の舌が、陽一の口腔内をまさぐっていた。陽一も夢中で舌を動かして、抱擁を強める。

「……んぅ……ううんっ」

玲子が鼻息を漏らし、情熱的に舌をからませてくる。

ネチャネチャと唾液の音が立ち、甘い唾の味が陽一の口の中を満たしていく。

「んふ……んんっ……」

唾液が粘り、糸を引いた。

とろけるようなディープキスに頭の芯がぼうっと痺れていく。

股間が一気に硬くなった。

「あんっ、もう……すごいわ。腰のところに当たっている……どうしようもないって感じやね。ンフッ……」

3

キスをほどいた玲子が、陽一と位置を入れ替える。

巨木を背にした陽一の足下に玲子がしゃがむと、彼女は陽一のジャージを膝まで下ろし、ブリーフ一枚だけの格好にさせた。

「あっ……」

もっこりふくらんだ股間を見られるよりも、先走りの汁が漏れて、グレーのブリーフの頂点に、いやらしいシミをつくっているのを見られるのが恥ずかしい。

玲子がそのシミに顔を近づけつつ、指先でそっとつついてくる。

「くうう……」

恥ずかしすぎる。もう脳がカアッと灼《や》けて、とろけてしまいそうだ。

腰を引こうにも、背後の木が邪魔して逃げられない。

「なあに、このシミ……」

玲子が淫靡な目つきで見あげて、陽一を睨《ね》めつけてくる。とろんと瞼の落ちた表情が艶っぽくって、ゾクゾクするような妖しさを見せてくる。

（なんていやらしい人妻なんだよ……）

手で隠そうとするも、撥《は》ね除《の》けられる。玲子がシミに鼻を近づけて、クンクンと嗅いでくる。全身が熱くなって、両脚がガクガクと痙攣した。

「や、やめて……やめてください……」

「ウフ、女の子みたいやね」

玲子がうっとりした声を出すと、おもむろにブリーフの上から勃起を舐めてきた。

「くう……れ、玲子さん」

はむっ、とふくらみを咥えられ、舌でねろねろと舐められた。

「ああ……」

ブリーフが人妻のヨダレで濡れて、シミが大きく広がっていく。

「もう……もう……」

陽一はハアハアと荒い息をこぼす。

股間がブリーフを突き破りそうなほど硬くなり、ペニスの芯が熱を持ってジンジンと疼いている。

「もう、なに？　どうして欲しいか、お願いせんとアカンよ」

玲子が見つめてくる。やはり小悪魔だ。もどかしさに腰がムズムズして、どうしょうもなくなる。

もう焦《じ》らすのはやめて、直接いじくって欲しくてたまらない。

「……そ、その……舐めて欲しいです。チンチンを、直接……」

「あなたの洗ってない、すごく臭そうなオチンチンを？」

ちょっと眉をひそめて、本当にいやそうに言うので、陽一は「ううっ……」と顔を曇らせた。

「やんっ、いじけているのが可愛いわ……嘘よ。そんなことないから」

玲子はヨダレで濡れた陽一のブリーフに手をかけると、一気に膝まで引き下ろす。

ガチガチになった勃起が、ぶるんとこぼれ出る。

木の陰とはいえ、野外で下半身を丸出しにするのは抵抗があった。だけど、もうそんなことは関係ないと、痺れた脳が玲子を欲している。

「あんっ、すごい……逞《たくま》しい……」

玲子がンフッと笑い、肉竿の根元をつかんでシゴいてくる。

「くっ……」

シンとした森の中で、温かな手で勃起を握られると、それだけでペニスの芯が痺れるように熱くなる。

「やだっ、びくびくしてる」

玲子がしゃがんだまま、上目遣いに目を細めて笑いかけてくる。

その色っぽい表情のまま、おもむろに唇を近づけて、そそり勃《た》つ肉棒を持ったまま裏側にチュッ、チュッとキスしてきた。

「うっ……」

肉厚のぷるんっとした唇が敏感な部分を這いずるだけで、じれったいようなむず痒い感覚が襲ってくる。

次の瞬間。

その厚ぼったい唇が、一気に亀頭部を覆ってきた。

「くうっ……！」

あまりの気持ちよさに、陽一は天を仰いでいた。

（ああ……きた……玲子さんの口の中に……）

先日、初めて奈々子に口でしてもらったが、やはりフェラチオというのは、独特の気持ちよさがある。

唇で刺激されるのももちろんなのだが、汚れた男性器を口に咥えさせている、という行為そのものが、男の征服感を満たすのだ。

「んん……」

玲子が苦しげな声を漏らし、さらに唇をぐっと押し込んでくる。

「おおう……」

陽一は呻いて、おもわず背後の木をつかみながらのけぞった。

誰かが通らないとも限らない開放的な場所で、美しい人妻をひざまずかせて、イチモツを舐めさせている。きっと傍《はた》から見たら羨《うらや》ましい光景だ。

冷え切った森の中でも、自分のペニスだけは人妻の温かな口に包まれていて、もうとろけてしまいそうだ。最高だ、最高すぎる。

(き、気持ちいい……)

月明かりの森の中で、人に見られたらという背徳感が、人妻のフェラチオの快楽を余計に募らせる。

(青姦《あおかん》ってこんなに気持ちいいんだ……あっ、あああ……)

玲子が顔をゆっくりと打ち振りはじめる。

マシュマロのような柔らかな唇が、勃起の表皮を這いずった。先端から根元まで、滾った亀頭が口蓋にこすられ、ざらついた舌に包まれる。

唾液が全体にまぶされて、ぬちゃ、ぬちゃ、と卑猥な音が立っていく。

快感に腰をひりつかせながら、陽一は下を見た。

唾液まみれの自分の怒張が美貌の人妻の口腔を犯し、出たり入ったりしている。

想定外に大きいのか、玲子のセミロングの乱れた髪の隙間から、つらそうに眉根を寄せ、上品な二重瞼がひくひくと痙攣している表情が見える。

「んふっ……んんっ……んんっ……」

それでも人妻は鼻奥から息を漏らしつつ、唇の端からたらたらと唾を垂らして、リズミカルに前後に顔を振っている。

「くくく……うう……」

陽一は痺れるほどの快美に、両脚をがくがくさせながら必死に踏ん張った。

わななく唇が肉茎を絞り立て、ストロークするたびに射精を促してくる。

途中まで咥えて、玲子が上目遣いに見あげてくる。

その表情が「ねえ、気持ちいい？」と嬉しそうに訊いているみたいだ。

「た、たまりませんよ……」

下を見て、目を合わせて悦《よろこ》びを伝える。

ブラジャーを上端にひっかけたままの美乳が、玲子が顔を揺するたびに、ぷるん、ぷるん、と揺れ、赤い乳首が勃起しているのがはっきり見える。

ミニスカートはまくれ、薄手のレギンスに包まれた豊満な尻が、ひざまずいて揃えられた踵《かかと》の上で、じりっ、じりっ、と左右にくねっている。

「んふっ……んぷっ……」

開ききった口から、玲子がずるりと肉棒を抜く。

泡立つほどの唾液に包まれたペニスが、月明かりに白っぽく光っていた。

「陽一くん、後ろを向いて」

玲子が上目遣いに淫靡な笑みを見せながら言う。

「え？」

「いいから」

わけもわからずにくるりと後ろを向き、巨木に手をついた。

背後から玲子が、陽一の尻たぶをつかんで、ぐいと割り開いた。

「あっ……えっ……ちょっと……」

肩越しに下を見る。

玲子の熱い吐息が普段は外気に触れない、恥ずかしい孔にかかっている。

（え……？）

戸惑っている間に、ぬめったものが誰にも見せたくない排泄孔に這いずった。

「ひぅぅ！」

陽一は声にならない嗚咽《おえつ》を漏らし、木の幹をつかみながら全身を伸びあがらせた。

玲子の舌がアヌスに触れたのだ。

猛烈な恥ずかしさと、初めて肛門を舐められたショックに、陽一は軽くパニックに陥った。

「れ、玲子さん……な、なにを……なにを……やめっ……くぅぅぅぅ！」

排泄孔の表面を舐められる。陽一はうつむいて、ぶるぶると身体を震わせた。

おぞましい感触だった。

だがそれよりも、美しい人妻がお尻の穴を舐めまわしてきている、ということに猛烈に興奮した。

（な、なんなんだ……この人……ああ……お尻が……お尻が……）

4

お尻の孔をぬめぬめした舌が這いずる感触は、言葉には表せないほどの不気味な感覚だった。

温かい舌が尻穴を舐めていくことで、お尻の奥が熱くなり、身体が震えた。

嫌なのに、恥ずかしいのに、お尻の孔を舐められるという背徳感が、さらに興奮を煽り、勃起がさらに充足する。

すると玲子は、排泄孔を舌愛撫しながら、股の間から伸ばしてきた右手で、陽一の勃起をギュッと握りしめてきた。

「くぅぅぅ！」

そして、その怒張を握る手がゆったりと勃起をシゴきはじめる。

（うおおお……な、なんだこりゃ！）

ぴちゃ、ぴちゃ、ぬらっ、ぬらっ……背後から唾液の音が聞こえてくる。

アヌスだけでは収まらず、会陰《えいん》から尻割れの上部までかぶりつくように舐められ、同時に手コキされ、早くも陰嚢《いんのう》が熱くなって射精感が高まっていく。

「ンフッ……もう出しちゃいそう？」

陽一の気持ちを見透かすように、玲子が背後からねっとりささやいてくる。

「あぁ……出ちゃいます……まっ、待って」

「だあめ」

ウフフと笑いつつ、しこしこする手を強めてくる。

熱いものが陰嚢からせりあがってきて、会陰が痛いくらいに痺れてくる。立ってなんかいられない。脚がガクガクと震えてしまう。

「くうう……お願いです。入れさせて……玲子さんの中に……」

もう恥も外聞もなかった。一度出してから二度目をするなんて、そんな余裕があるわけない。そんなに時間が経ったら、さすがに綾が探しにきてしまう。

「ウフフ。泣いちゃいそうやね。可哀想。いいわ、入れて……私も欲しかったから」

玲子が立ちあがって、淫靡な笑みを見せる。

「ねえ、後ろからちょうだい。バックから犯してほしいの……」

人妻は刺激的な台詞《せりふ》を言い、くるりと背を向ける。

陽一は息を荒げたまま、玲子のミニスカをまくりあげて、レギンスとパンティの上端をつかむと、そのままグイと引き下ろした。

「やん……」

玲子が声をあげて、肩越しに恥じらった顔を見せてくる。

陽一は、玲子の下着とレギンスをくるくる丸めて剝き下ろし、トレッキングシューズを履いた足首にからませる。

（うわっ……）

すごい光景だった。

豊満な尻の奥に、開き気味の濃いピンクのワレ目が息づいており、すでに内部の赤みはぐっしょり濡れ、甘蜜でぬめっていた。

厚みのある肉土手が、淡い色彩で若々しい。

しかし、膣口のまわりをぬらつかせるシロップのような花蜜の量や、生臭い発酵チーズのようなプンとする匂いは、人妻ならではの淫らさを感じさせる。

「やだ……そんなにジロジロ見ないで……」

玲子が恥ずかしげに顔をうつむかせる。

あれだけドSにアヌスまで責め立てていたのだが、自分も興奮していたのだ。

「見ますよ。お返しです」

顔を近づけて、クンクンと嗅ぎながら舌でワレ目をねろりと舐める。

「ああんっ」

玲子が樹木に両手をつきながら、美しい背中を伸びあがらせる。

(なんて綺麗な後ろ姿なんだよ……)

陽一はクンニをやめて、少し離れてから、両手をついた人妻の後ろ姿を眺めた。

S字を描くしなやかな背中から、くびれたウエストを通り、そこから一気にふくらんで、ムチッと張った双尻につながっている。

三十路妻の一番魅惑的な部位は、このお尻だ。

剝き玉子を思わせる白い尻肉の盛りあがりが、深い尻割れの妖しさをひときわ際立たせていた。

重たげな量感をこらえつつも見事な半球型を保つ尻丘は、じっとりと生汗をにじませ、早く欲しいとばかりに、ぷりんぷりんと妖しく左右に揺れている。

なんていやらしいヒップなんだ。

陽一は再び尻割れに顔を近づけて、舌を伸ばしてねろねろと舐める。

すると薄塩の花蜜が、たらーりとあふれてくる。

「すごいです。こんなに濡れて……甘酸っぱくて美味しい……」

「いやん、言わんといてッ……いやっ、いやっ……」

恥ずかしがって、尻を逃がそうとする
だが手をついて尻を突き出した格好で、いやいやといやらしくヒップを振れば、それはもう「早くちょうだい」と言っているようにしか見えない。

くすぐったいのか、感じるのか……とにかく反応してくれるなら嬉しいと、陽一は舌で、玲子の会陰から媚肉をたっぷりとねぶり立てる。

「んはっ、ああ……ああっ……ああんっ、苦しい……少し休ませてっ……あううう」

玲子が肢体をくねらせて、何度もびくんっ、びくん、と痙攣する。

舐めながら見れば、剝き身のような膣内部がぬめぬめ光り、生魚のような匂いが、プンと漂ってくる。

美人妻の恥ずかしい匂いだ。

ずっと嗅いでいたくなる。

肩越しにこちらを見る玲子の顔は、目の下をねっとり赤らめて、潤みきっている。

「ああんっ……早く。ねえ……後ろから、ちょうだい……お願い……」

いよいよ、玲子は欲望を剝き出しにして、ムチッと張った白い尻を揺らめかす。

もう一刻も待てなくなった。

陽一は立ちあがり、少し腰を落とした。

玲子のヒップを撫でつつ、臍《へそ》までつきそうな怒張を右手で押さえながら、濡れ溝にこすりつける。

一秒でも早く、玲子とつながりたかった。

立ちバックなどしたことないが、本能がこうすればいいと勝手に身体を動かしていた。はやる気持ちを深い呼吸で抑えつつ、切っ先に意識を集中させる。

狭い入り口を探り当て、息をつめて腰を入れた。小さな孔が大きく引き裂かれて、太幹がめり込んだ。

玲子の膣口が強引に開かされ、無防備な粘膜が男根で圧せられていく。

(うう……すごい……)

入れた瞬間、温かく柔らかな媚肉が亀頭を押し包む。

「あっ……あああっ、あっ……」

玲子が悩ましい吐息を漏らし、大きく背中をのけぞらせた。巨木に両手をつき、体重を支えながら人妻は脚をガクガクと震わせる。

切っ先が入れば、あとは力を入れずとも膣口を広げて、ぬるりと剛直が奥まで嵌まり込んでいく。

「ぁあああ……あんっ、お、大きい……あっ、ぁああッ」

玲子は白い喉をさらけ出すほど顎を跳ねあげる。セミロングの髪が乱れて、女らしい甘い匂いが鼻先に届く。

「くうう……」

奥までつながった陽一は奥歯を嚙みしめた。

熱い媚肉が、奥へ奥へと引き込むように、うねうねとうねっている。

陽一は動くことをやめて、じっくりと両手を前について尻を突き出している人妻の様子を見つめた。

ニットを肩まで大きくめくりあげられ、ホックの外れたブラが肩に引っかかっている。ミニスカートは腰に巻かれているだけで、むっちりとしたヒップは丸出しだ。

折れそうなほど華奢な腰から、ぶわっと大きく広がる尻が続き、長い足は左右に広げられて、足首にからまったパンティとレギンスがピンと伸びきっている。

スレンダーに見えたが意外と肉づきはよく、三十路の人妻らしい脂《あぶら》の乗った丸みのある裸体だった。

いやらしすぎる光景に見惚れていた陽一は、いつの間にか腰を使って、突きあげていた。

「ああン……」

玲子は背を大きくのけぞらせて、美貌をクンッとせりあげる。

もうとまらなかった。

陽一は夢中で腰を前後に打ち振った。媚肉がキュッ、キュッとペニスを締めつけてきて、腰が甘くとろけていく。

「うう、す、すごいっ」

この気持ちよすぎる締めつけに、陽一は歓喜の声を漏らす。

「あ、あッ、ああッ……ああんっ……私も……いいわ、いい。もっとして、陽一くんの好きなようにして」

玲子もかなり感じているようで、熟れた裸体を何度も反らせて、巨大なバストをぶわん、ぶわん、と揺らしているのがバックからも見えた。

陽一はふんわり揺れる艶髪に顔を寄せ、そのまま後ろから抱きしめつつ、背後から揺れる乳房を握りしめた。

乳首はいっそう硬くなっていて、それを指でつまめば、

「あんっ！　ああっ……」

玲子が肩越しに、悩ましい顔を見せる。

額には汗がにじみ、栗色のセミロングの艶髪が頬に張りついている。とろんとした目がいやらしかった。

グッと亀頭を押し込むと、玲子はギュッと目をつむって、うぐっ、と息を呑んだ。

子宮まで貫かれた野太いモノを味わっているように見える。

「玲子さん……なんてエッチな顔……」

「だって……だって……ああんっ、こんな奥まで入れられたことないんだもの……あ

んっ、初めてよ、オチンチンが奥まで当たっている。やんっ、子宮が壊れちゃう」

眉をつらそうにハの字にして、いっそう裸体を弓なりにしならせる。

人妻が腰を左右にくねらせてくるから、勃起がこすれて快感が高まってくる。

甘い陶酔が陽一の中に広がる。

興奮しきって、さらにがむしゃらに突きあげる。

突けば突くほど、あふれ出る愛液が潤滑油となり、ずちゅ、ずちゅ、と性器と性器のこすれる卑わいな音が、夜の森の中に木霊《こだま》する。

パンパンと肉の打擲音が響き、「あん、あん」という玲子のもよおした声が混じる。

木々が風にざわめいている。月明かりに、真っ白い背中が照り輝いている。

こんな開放的な場所で、美しい人妻を抱いているなんて夢のようだ。

どんなダメな男でも、ひとつくらいは取り柄がある。キャンプ通でよかった。それがアウトドア好きの女性に刺さったということだ。

「ああん、いい、いいわ……気持ちいいッ」

感極まった声をあげ、玲子の膣肉がより一層、ペニスを食いしめてきた。

「おおお……」

まだものの数分なのに、イチモツの芯がじんわりと熱くなって、突き入れている肉竿が痛いほど痺れてくる。

「あんっ……ええよ……陽一くんっ。ウチ……とろけそうよ」

玲子が可愛い京都弁を発しながら、うるうるした瞳で肩越しに見つめてくる。

「ああ、僕も……気持ちいいですっ、もうたまりません」

愛《いと》しい人を背後からギュッと抱き、再びピンピンの乳首を指でいじくる。

「あんっ……だめっ……それっ……ああんっ……」

玲子が腰を突き出してきて、くなくなと揺する。すると、豊満な尻肉が陽一の下腹部をぶわわん、と押し返してくる。

陽一は射精をこらえ、乱れ髪の隙間から見えた白いうなじにキスして、ギュッとおっぱいを握る。

背中やお尻が汗でぬめり、ぬくもりをひしひしと感じる。

温かくうるんだ媚肉を勃起がこするたび、甘い陶酔が立ちのぼってきて、立ちバックしながら、ガクガクと腰が揺れてしまう。

もう限界だった。陽一のそんな様子を感じたのか、玲子は肩越しに見てきて、

「いいのよ、出して。もうガマンできないんでしょう？　私、大丈夫だから……いいのよ……ちょうだい……ねっ」

「え……あ……ああ……れ、玲子さんっ」

陽一は玲子の汗ばんだ女体をギュッと抱きしめた。

柔らかかった。

甘い匂いが鼻腔を満たし、肌と肌がこすれ合う。

肉と肉とがからみ合って、とろけ合ってひとつになる。

もうだめだった。尿道からせりあがってくるのをとめられない。

「で、出ます……く、くううう……」

身体が雷《かみなり》に打たれたように痙攣し、痺れるような快感が頭の先から爪先まで走り抜けた。

陽一は玲子を抱きながら、膣奥にたっぷりと精液を注ぎ込んでいく。

(ああ……こんな野外で、人妻の中に射精してるっ)

半裸にした人妻を、無理矢理に犯している気分だった。その背徳感が、じんわりと広がって、吐精の心地よさをふくらませる。

「ああん、奥までいっぱい……熱いのが注がれてるッ……ああンッ」

膣肉は精子を最後まで搾り出すように、キュウゥと食いしめ続けている。

さらさらと心地よい冷たい風が、汗ばんだ陽一の頬を撫でる。

ようやく最後まで出し尽くした陽一は、ぐったりとして玲子にしがみつき、しばらくハアハアと胸を喘がせるのだった。

第三章　憧れの白肌に触れて

1

木々の隙間から見える山なみの稜線が、紫色から徐々に赤く染まっていく。

澄んだ朝の空気を感じながら、夜明けの景色を見るのが、陽一のキャンプの楽しみのひとつである。

昨晩拾った薪をくべ、焚き火して暖を取りつつ、珈琲を飲むためのお湯を沸かし、椅子に深く腰掛ける。

早朝の静けさの中で過ごす時間は、まったりしていて実にいい。

「おはよ。早いのね、陽一くん」

玲子がテントの入り口から出てきて、うーんと伸びをした。

彼女が着ていたのは、ニットのマキシワンピースに、パーカーを羽織った部屋着のような格好だった。ワンピースの丈が意外に短くて、伸びをした瞬間に裾がズリあがって、ムッチリした白い太ももがバッチリ見えて、ドキッとした。

「さ、寒くないんですか？」

慌てて目をそらす。

「あの寝袋、暑かったんだもの。汗ばんだから、レギンスは脱いじゃった」

玲子が目の前に来る。

元が整った顔立ちだから、化粧をしてなくてもあまり変わらないのがすごい。とろんとした双眸が、いつ見ても妖艶だ。

（セクシーな人妻だよな……それにスタイルもたまらないし……）

ワンピースは身体にフィットしているタイプだから、乳房のふくらみが浮き立って、悩ましい丸みを見せている。

椅子に座りながら勃《た》ってしまい、陽一はジャージの股間を右手で直した。

「ウフ……朝から元気やね……朝勃ちって言うんだっけ？」

玲子がその動きをめざとく見つけ、すりすりと陽一の股間を手で撫でた。

「うっ……ち、ちょっと……」

陽一は慌てて、綾がまだ寝ているはずのテントをちらりと見た。

「大丈夫よ。綾は朝が弱いから。この前も遅かったでしょう？」

言われてみれば、三週間前のキャンプでも最後に起きてきたのは綾だった。

「で、でも……」

「ンフッ。綾もあなたのこと気になるみたいだしねえ、若い子同士、ええ感じで腹立つわ。ちょっと嫉妬しちゃう」

玲子が淫靡な目つきで見つめながら、陽一のジャージとパンツを剝いた。屹立がピンとそそり勃つ。

「あっ……ま、待ってください……な、なにを……」

「だって。苦しそうだったから。もしかして、昨日のこと思い出したん？」

「それは……ああっ！　くうう……」

玲子がしゃがんで股ぐらに顔を近づける。

真っ赤な舌先が、ねろりねろりと陽一の性器を這っていた。ぐずぐずになりそうな快感が腰をとろけさせ、脚ががくがくと震えてしまう。

玲子は長い髪をかきあげて耳にかけると、陽一の太ももに手を置いて、そのままゆっくりと濡れた唇を切っ先に被せてきた。

「う！　ううっ……」

陽一は、ぶるっ、と震え、天を仰いだ。

柔らかな唇が肉竿の表皮を優しく滑り、温かな口中に男性器が包まれていく。

冷え切った朝に、いきなりフェラチオされるとは思わなくて、どうしたらいいかわからない。

「んんっ、んふ……ぷは……」

玲子は、ちゅるっと亀頭を吐き出すと、上目遣いに見あげてきた。

「気持ちええの？」

「は、はい……なんかもう……出ちゃいそうになって」

正直な感想を言うと、玲子の笑みは悩ましいものに変わった。双眸を細めた玲子は
再び陽一の股間に美貌を埋めていく。

「くう……」

三十歳の人妻は、ゆっくりと野太いモノを喉の奥まで含んでいった。

そうしてスローピッチで、ゆったりと顔を動かし始める。

「んふ……んんっ……ンンッ……」

時折、苦しげな鼻息を漏らしながらも、ジュルルル……とあふれさせた唾で表皮を

滑らせて、唇でシゴきたててくる。

「くぅ、うう……」

たまらなかった。早くも切っ先が熱く滾《たぎ》っている。

このまま出してもいいのかな……そんなことを思っていると、玲子が勃起から唇を離して立ちあがった。

「え？」

なんだ、と陽一が首をかしげると、玲子は恥ずかしそうにしながらも、ワンピースの中に手を入れて、するするとパンティを脱ぎ始める。

（え、え、え……？）

陽一がぽかんと口を開けているのを尻目に、玲子は足首から抜き取ったパンティをポケットに押し込み、シューズを脱いで、椅子に座る陽一に跨《また》がってくる。

「ええええっ？　れ、玲子さんッ」

陽一が目を丸くして驚いていると、玲子は切っ先を握り、自分の膣口に押し当てる。

「だってえ……欲しくなったんやもん」

玲子は陽一にしがみつきながら、ゆっくり腰を下ろしてくる。

ズブズブとぐっしょり濡れた潤みに勃起が突き刺さった。

「ああんっ……」

玲子はのけぞり、細顎を上げる。

「くうう……い、いけませんよ……綾さんが起きてきたら……」

膣内がとろけそうなほど熱かった。媚肉がまとわりついて、きゅんきゅんと肉竿を締めてくる。

罪悪感と焦りがふくらんでいたのに、今はもう、玲子の中が気持ちよすぎて、おかしくなりそうだ。

まずいと思うのに、もうやめられなかった。

対面座位で玲子を膝の上で抱っこしながらお互い見つめ合う。欲しいという気持ちを込めて腰を浮かせて突きあげれば、

「あんっ、だめっ！　そんな……いきなり……ああんっ、ああっ」

揺さぶられた綾は、陽一の首の後ろに手をまわし、ギュッとしがみついてくる。蜜壺もギュッと根元を締めつけてきて、甘い陶酔が早くもせりあがる。

「た、たまりませんよ。こんな、いやらしい……」

鼻がつきそうなほどの至近距離で、ハアハアと息を荒げながら言えば、玲子が慈愛に満ちた笑みを見せてくる。

「ねえ、ねえ……綾のこと……大切にしてあげて」

玲子が突然、思いも寄らぬことを言った。

陽一はちらりテントの方を見る。

「こんなことして最低だと思うでしょうけど……でも、ウチも奈々子さんも、あなたに救われてるのよ。旦那のことで参っていて……イケナイことだってわかっているんだけど……でも、このおっきなオチンチンで、私たちの欲求不満を解消させてね。じゃないと、ウチら、このまま更年期障害まっしぐらよ」

玲子がウフフと笑う。

「そ、そんな歳じゃないですよ。玲子さんも奈々子さんも、若くてキレイで」

「ありがと。優しいね、陽一くんは。ウチも好きになっちゃいそうよ」

言うと、玲子はむしゃぶりつくように唇を重ねてくる。

チュ、チュと唾液の音が立ち、玲子の息が荒くなっていく。陽一もむさぼるように舌を動かし、唾液をすする。

「んっ、んんっ……んううん」

抱っこしながら、ちゅぱ、ちゅぱ、と舌をもつれさせる激しいディープキスに興じる。玲子は陽一の髪に手を差し入れて、かきむしるように頭をつかんで、荒々しく舌を吸ってくる。

「んんう、んんう……」

いやらしいキスで、ますます勃起が玲子の中で太く滾る。

陽一は腰を激しく浮かし、子宮に届くほどに突きあげた。

口づけしながら、玲子のワンピースを大きく、肩までまくりあげる。

ノーブラの乳房を激しく揉みしだき、ぐいぐいと指を食い込ませる。柔らかいのに弾力のあるその揉みごたえと、おっぱいのぬくもりに頭がどんどん痺れていく。

「ああんっ、いやらしいっ……」

キスをほどいた玲子が淫靡な笑みを漏らして、見つめてくる。

「ねえ、ねえ、お水ちょうだい」

陽一は玲子を太ももに跨がらせ繋《つな》がったまま、テーブルのペットボトルに手を伸ばして、キャップを取る。ペットボトルを差し出すと、玲子はそれを口に含んだまま、ンフッ、といやらしく笑って、こちらに顔を近づけてくる。

「んー」

そのままキスをされると、玲子の口中に含まれた水が、口移しでちゅるちゅると流し込まれてくる。

「んんっ……」

陽一は照れながらも、こくんこくんと喉を動かして、玲子の口から流れてくる水をすすり飲んだ。

甘くて生温かい水が喉を通るたびに、身体がカアッと熱くなり、ますます気分が高揚する。

「んふっ、んんっ……んんう！」

キスをしたまま、激しく腰を揺する。

「あんっ！　ああっ、あああっ」

玲子はキスをほどき、陽一の上でのけぞり、大きく喘いだ。

たまらなかった。

玲子を抱きしめながら、下から何度も突きあげる。揺れるおっぱいがいやらしく、身体を丸めて先端の乳首にむしゃぶりついた。

「あああんっ……」

玲子の喘いだ顔が色っぽく可愛らしかった。もう離したくない。

朝の冷え切った空気の中で、陽一は夢中で腰を突き入れて、パンパンと猥褻な音を響かせるのだった。

2

次の日。社内で仕事をしていると、玲子からメールが届いた。

『すごくよかったわ。久々に満たされた感じ。あなたと逢えてよかった』

なんだか照れくさくなってニタニタしてしまうと、横の席にいた同僚の女性が眉をひそめたのが見えた。

（やば……真面目に仕事をやらないと……）

そう思うのだが、美熟女の奈々子に続いて、あのセクシーな玲子まで関係を持ったとなると、昨日から気分が高揚しっぱなしなのは致し方ないと思える。

しかもだ。そのメールの続きにも驚いた。

『私たちと関係を続けてくれたら、綾とのデート、お膳立てしてあげる』

（ええ？　ホントに……？）

陽一は、ぜひお願いしますと即答で返事をしておいた。

今では綾とも普通に話せるが、まだデートに誘える勇気は湧いてこなかった。

私たちと関係を続けてくれたら、という言葉がひっかかるが、とにかく綾とふたりきりで逢える算段をしてもらえる。

小躍りしたい気分で、その日は珍しく仕事にも身が入った。


二週間後。

綾の家の最寄り駅のロータリーで、陽一は彼女が来るのを待っていた。

四駆の運転席で缶コーヒーを口にしようとしたが、珈琲は口臭がキツくなるんだっけ？　と思って飲むのをやめた。

まるで初デートの中学生みたいな気分だ。

しかも相手は、十人の男がすれ違えば、十人ともが振り返るだろう、可愛らしい女性である。

（しかし、俺なんかでいいのかな……）

あれだけの美貌だったら、カレシのひとりやふたりくらいがいそうなものだが、玲子に訊いても「いろいろあったからねえ」と、お茶を濁すだけなのだ。

気になる。

当然、気になる。

が、本人の口から語られないのだから、過去のことだと割り切るしかない。気にはなるが、そんなことよりも彼女の魅力が数百倍勝っている。

可愛らしくて、それに加えてアウトドア好きという女性など、そうはいない。そして童顔でグラマーというギャップもたまらない。

胸の高鳴りを抑えながら待っていると、駅の階段から綾が駆け下りてきた。

陽一は慌ててクルマから出ると、彼女は遠くからでもわかるような満面の笑みを見せて、駆け寄ってくる。

そのとき、陽一はまわりで歩いている男が、綾を見たのに気づいた。そいつらは陽一の顔を見るなり、例外なくみな眉をひそめた。

悪かったな、冴えない男で。

しかし、生まれて初めての優越感だ。

「待った？　ごめんね、遅くなって」

彼女はくりっとした目を細めて、にこっと笑う。

黒髪のショートボブヘアに大きくてまん丸の目。

丸顔でボーイッシュな雰囲気だが、ネルシャツの胸元が見事な隆起を描いていて、ショートパンツから伸びる、レギンスに包まれた太ももが健康的だ。

「ちょっとだけですよ。いきましょうか」

「でも、ホントに私だけでいいの？　奈々子さんも玲子さんもいなくて」

助手席に乗った彼女が、申し訳なさそうな顔で言う。

「い、いや……こちらこそ、ふたりきりで、いいのかなっていうか……」

ここで「ふたりきりの方がラッキーです」とでも言えれば、もっと突っ込んだ会話ができると思うのだが、そんな気の利いたことが言える男ではない。

エンジンをかける。

綾がシートベルトを引っ張って、腰のところのバックルにカチャッと嵌《は》める。

（お！）

斜めにかけたシートベルトが、綾の肩から胸の真ん中に食い込んでいて、たわわな胸のふくらみが、片方ずつの丸みをしっかり描き、目に飛び込んでくる。

俗にいうパイスラというやつだった。

（……やっぱり大きい……）

奈々子も巨乳だったが、綾も負けていなかった。

というよりも、綾の方が痩せていて、ほっそりしているから、おっぱいのふくらみが異様に強調されて見える。いやらしい体つきだった。

（目のやり場が……って、アホか。前を向いて運転してればいいんじゃないか）

ムラムラしながらもハンドルを握れば、事故を起こさないようにと思うので、少しだけ性的な昂《たか》ぶりが収まる。

だが赤信号で停まってちらり見れば、いやがおうにも甘美な胸のふくらみと、健康的な太ももが目にとまる。

(む、無防備すぎる……おっぱい見られているって気づかないのかな……)

綾は助手席でずっとニコニコしていて、昨日の夜にお弁当をつくっていて、失敗した話とか、今日行く奥多摩の川の話や、一度釣りをしてみたかった話などを楽しそうに口にする。

「どうしよう、一匹も釣れなかったら。ねえねえ、釣りって、せっかちな人はダメなんでしょう？　私、すごく短気なんだけど」

「大丈夫ですよ、今日行く釣り場は初心者向けですから。下手でも一匹くらいは」

「ちょっと。まだ下手だってわかんないでしょう？　やんもう、私ってそんなにどんくさく見える？」

ちらり横を見れば、綾が拗ねて頬をふくらませている。

これだ。この拗ね方にキュンとしてしまう。

「どんくさいっていうか……いや」

言葉を濁すと、彼女がジロッと睨んでくる。

「思っているのね」

「まあ、その……」

ハンドルを握りながら横を見ると、綾はプッと吹き出して笑った。

「じゃあ勝負ね。何匹釣れるか。負けた方が、ひとつ相手の言うことを聞くのよ」

「いいんですか？　僕、釣りは得意なんですけど」

「大丈夫。私、きっと魚に好かれるタイプだから」

「なんすか、それ」

ふたりでアハハと笑う。

天真爛漫で、明るくて話し好きで可愛くて。

そんな彼女がますます好きになった。釣りに行かないかと誘っても、乗り気じゃない女性も多い中、こんなに興味を持ってくれるなんて嬉しすぎる。

高速を降りて三十分ほど走ると、奥多摩にあるマス釣場に着いた。

自然の川を使った本格的な釣り場であるが、マスの放流をしてくれるから初心者でも釣りやすいと、人気のスポットである。

陽一は半日券と魚の餌を買い、番号のついた場所に移動する。

けっこう客がいたが、番号ごとに釣り場が確保されているので、客同志がバッティングすることもなく、ゆったりと釣りが楽しめる。

綾は餌の虫におっかなびっくりしたり、釣り糸を前に飛ばせなかったり、挙げ句にまたレギンスを濡らしてしまって、デニムのショートパンツに生足という格好になったりと、悪戦苦闘しながらも、二時間ばかりでなんとか様になってきた。

(しかし、目立つよなあ……)

釣り竿を振るときに、Tシャツ越しの豊かなふくらみが、ゆっさと揺れる。

しかもデニムのショートパンツから伸びている生足が、かなりの脚線美なものだから、あちこちから男の舐めるような、いやらしい視線を浴びるのだ。

(いや、今日は健全なデートにしよう。好感度を上げるんだ)

陽一は釣りに集中しようと、垂らした釣り竿をぐっと持ちあげる。

すると、ちょうど引っかかったらしく、竿が強い力で引っ張られ、丸くて赤い浮きが、川の中にポチャンと沈む。

「おっ、きたっ！」

焦らずにゆっくり引きあげると、二十センチくらいのマスが釣りあがった。

「うわあ、大きい！」

陽一がしゃがんでマスの口から針を外していると、綾が隣にしゃがんで、大きな声で喜んだ。顔が触れんばかりまで接近してきて、あまりの無警戒さにドキリとする。

「私も負けないから」

綾は立ちあがって、やる気まんまんでまた釣り竿を振った。

ネルシャツ越しの胸のふくらみに、どうしても目が吸い寄せられる。


夕方近くになって、マスを放流したこともあり、途中経過では陽一が三匹、綾も一匹釣りあげていた。

川のせせらぎと、風が木々をこする音がする中で糸を垂らしている。

このゆったりとした時間がいい。

しかも隣にはアイドル級の可愛い女性がいる。

「ねえ、陽一くん」

釣り糸を垂らしながら、ふいに綾が言った。

「どうしてひとりキャンプが好きなの？　友達みんなでやればいいのに」

何気ない質問だった。

「人見知りだから、だめなんですよ」

「嘘」

綾がウフッと笑って、こちらを見た。

「じゃあなんで私たち三人とは、一緒に行くの？」

「それは……奈々子さんも玲子さんも、綾さんもキャンプが好きそうだったから。一緒に楽しめそうだなって思って」

綾が「ん？」という顔をして首をかしげた。

「どういうこと？」

大きな目をくりっとさせて、綾が訊いてくる。

陽一はちょっと考えた。

あまり言いたくない話だったが、綾には聞いて欲しかった。

「大学時代につき合っていた子がいて……その子があんまりアウトドア好きじゃないのに、僕が勝手に連れ出して……そのとき言われたんです。自分の趣味を押しつけないでくれって。本当はキャンプもアウトドアも、大嫌いだったたって」

綾が真っ直ぐな目で見つめてくる。

陽一は続けた。

「もう女性と来るのはやめようと思いました。でも、綾さんたちは心からアウトドアとか好きそうだなって思ったんで」

「なるほどねえ……ああ、よかった」

「え？」

「私たちね、キミの大切なひとりの時間を奪っているんじゃないかって、気になっていたのよ。じゃあ、これからも一緒に行ってくれるのね」

「もちろんですよ。というか、これからも誘ってもいいんですか？」

「いいわよ。でも三人が揃って、難しいかもしれないけど」

陽一は頭の中で葛藤した。

このタイミングしかない。言わなければ後悔する。

もうどうなってもいいという気持ちで、口を開いた。

「三人じゃなくて、あの……綾さんを誘っても……いいですか？」

「え？」

綾が驚いたように目を見開いた。

（ああ……意外なこと言われたって顔してる。やっぱり言わない方がよかったかな）

陽一は気まずくなって、釣り糸を見た。

そのときだ。

「私なんかでよかったら、いいけど」

今度は陽一が驚く番だった。

「ほ、ほんとに？」

「そのかわり条件があるの」

「え……条件？」

「あのね……この前みたいな綺麗な朝焼けを、私に見せて欲しいの。キミがあんな素敵な朝焼けを、美味しい珈琲を淹れながら見せてくれて……私、それで完璧にキャンプにハマっちゃったんだから……最初はなんてエッチな人なんだろうとしか思ってなかったのに……」

綾がにっこりと微笑んだ。

陽一は胸が熱くなるのを感じた。

「だから、あれは……見ちゃったのは不可抗力で……」

「エヘヘ。冗談よ。あっ……これ、引いてる！　釣れたんじゃない？」

綾が慌てて竿を引いた。

二十七歳なのに天真爛漫で、清純なところがたまらなく好きだった。

「やだっ、ちょっと、これ大きいッ」

綾が竿を離しそうになった。

陽一は慌てて綾に駆け寄り、一緒に竿を持った。

あっ、と思ってちらり綾の顔を見れば、彼女は嫌がるどころか身を寄せてくる。

ムチムチの太ももが、チノパン越しの陽一の太ももに密着し、胸のふくらみが腕に触れた。

甘酸っぱい女の匂いが漂ってくる。綾の身体のことで頭がいっぱいになって、釣りに神経がいかなかった。

だからだろう。

いきなり竿が軽くなった。魚が逃げたのだ。失敗だった。

「あーあ。でも今の、大きかったよね」

綾が上目遣いにニッコリ微笑む。

もう人前でも抱きしめたくなるほど愛らしかった。心臓が破裂しそうなほどドキドキした。

結局、日が落ちるまでに陽一が五匹、綾が二匹を釣りあげた。

陽一は勝ったなと思ったが、楽しかったから、そんなことを口にするのをやめた。

綾も二匹も釣れたと喜んでいたので、それで十分だった。

夕方、釣り場に併設した食堂に釣った魚を持っていき、塩焼きしてもらい、その場で食した。来ている客も大体そこで食べるので、食堂は賑わいを見せている。

自分で釣った魚を食べるのは格別のおいしさだ。綾も顔をほころばせて、塩の利いたマスを口にする。

陽一はクルマで来ていたのでノンアルコールを頼み、綾は最初遠慮していたが、一杯だけと生ビールを注文した。

「くうう……塩焼きってビールに合うね……あ、ごめんね、私ばっかり……」

綾はちょっと申し訳なさそうな顔をするも、串に刺して焼いたマスを、ほくほくと口に運ぶと満面の笑みになる。

「いいんです。僕、ノンアルコールでも結構ビールと同じように飲めるんです。あ、もちろん酔いはしないですから」

生ビール一杯でも、アルコールが入れば綾は頬を赤く染めて、リラックスした表情になった。

(あれ？　こんなにお酒に弱かったっけ？)

目の下がねっとり赤く染まり、大きな目が潤んでいる。

テーブルを挟んで向かいにいたけれど、横について身体を寄せ合いたくなるくらい可愛らしい。

「好きだったの？　その人のこと」

出てきた料理を食べ終えて、珈琲を飲んでいたときだ。

頰杖をついた綾が、エヘヘと笑ってそんなことを口にした。アルコールの混じった甘い吐息が鼻先をかすめたような気がした。

「そ、それは……もちろん。そんなに何人も告白できるほど、陽キャラじゃありませんから」

「へえ、じゃあ、今はいないの？」

大きな瞳が、興味津々《しんしん》といった感じできらめいている。

（まいったな……）

ここで「好きな人はあなただ」と口説けばいい。千載一遇のチャンスだと思うのだが、どうしても怖くてその言葉が出てこない。

臆病で思った言葉を伝えられない。

自分が傷つくのがいやなのだ。この性格がいやになる。

「い、いないですよ……綾さんは？」

「私？」

「ええ。おそらくモテそうだから、カレシがいるんでしょうけど」

陽一は自分にがっかりした。なにもそんな自虐的なことなど言わなくてもいいじゃないか。現にフリーだと聞いているのに……。

綾は少し困ったような顔をする。

（あれ？　奈々子さんたちはフリーだって教えてくれたのに、違うのかな）

陽一が不安を感じていると、綾が覗き込むような姿勢で口を開いた。

「私、モテそうに見える？」

「見えますよ。その……外見だけじゃなくて、一緒にいて楽しいし。しっかりしているし」

「全然」

綾は真顔で首を振った。

「私、ふしだらな女なの」

「は？　嘘でしょう。そんなふしだらなんて……」

「ちょっと酔っちゃったかな……珍しいな」

彼女が目尻を拭った。喋りすぎたかな、というような話のすりかえ方だった。

「そろそろ行きましょうか」

陽一は立ちあがって、会計に向かう。

ついてきた綾が「ここだけは払わせて」と勘定してくれた。

外に出ると、もう真っ暗だった。

駐車場までの道のりは足下が悪く、綾が腕にしがみつくように身を寄せてきた。

少し寒くなった奥多摩の自然の中で、温かな女体のぬくもりと、胸のふくらみを左腕に感じて、もう頭がそのことしか考えられなくなっていた。

綾を見れば、上目遣いに陽一を見つめ返してきていた。

目が潤んでいて、呼吸が乱れていた。

ここが密室……例えばホテルの一室なら、しなだれかかってくるのではないか、そんな妖しげな雰囲気を綾の全身から感じた。

《私、ふしだらな女なの》

彼女の言葉が、耳の奥で何度も繰り返されている。

鼓動が速くなり息苦しさが増す。

ボーイッシュで明るい童顔の女性……ではない。

今は、色っぽくてセクシャルな魅力にあふれた、成熟した年上の女性だった。

もうとまらなかった。

彼女の甘えるような仕草に、陽一は綾が欲しくてたまらなくなってしまった。

3

林の中にある駐車場は、街灯がぽつんとあるだけで寂しい場所だった。他のクルマもあるが、離れたところに点在している。

陽一の四駆は駐車場の奥に停めてあった。

運転席に座り、綾が助手席に乗った。

ちらり視線をやると、横にいた綾がこちらを向いた。

ショートボブの似合う丸顔が、ドキッとするほど可愛らしかった。

大きな目がくりっとして、悩ましげに潤んでいる。

(欲しがっている……のではないか)

女性の気持ちなんて、鈍感な自分ではまったくわからない。

ただ、自分の中で何かがプツッ、と音を立てて切れてしまって、もう戻りようがないほど激しく欲情してしまった。

陽一は思いきって助手席の綾に顔を寄せる。

綾がその長い睫毛を瞬かせて、それからゆっくりと瞼を落とした。

ふくよかな唇が、無防備に開いている。

右手を綾の肩にまわし、顔の角度を変えて唇を寄せていく。

震えながらも軽く唇を合わせた。

綾は「ん……」と呻き、身体をピクッと震わせる。

（いやがってない……）

ドキンドキンと、自分の中で脈が大きく響いている。

全身がカアッと熱くなり、震えてしまっていた。

（キスした……こんな可愛い人とキスしたんだ……）

その事実だけで頭がおかしくなりそうだった。だけど、舞いあがっている場合ではない。進め、先に進め、と頭の中で、男の本能が信号を出している。

今度はしっかり唇を重ねた。

「……んぅん……」

綾が小さく吐息を漏らす。

柔らかい唇が瑞々しい果実みたいだ。目を開ければ、くらくらするほどの美女が瞼を落として、可愛らしいキス顔をさらしている。

もう頭の中はパニックだ。どうにかなってしまいそうだった。

陽一は顔の角度を変え、再び唇を押しつける。

とろけそうな唇の感触がたまらなかった。

夢中で舌を出して薄い唇や、そのまわりをねろねろと舐めまわした。

もっと欲しくなった。

陽一は片手を背もたれと綾の背中の間に差し入れ、抱くようにすると、綾もおずおずと、陽一の背中に手をまわしてきた。

綾もギュッとしてきている。その恋人同士のような行為に昂ぶり、キスが自然と激しくなってしまう。すると、綾の漏らす息が少しずつ乱れてきた。

アルコールを含んだ甘い吐息だった。果実のような艶《なま》めかしい香りだ。

「んっ……んっ……」

しばらく口づけしていると、綾が背中にまわす手に力を込め、じれったそうに身をよじりはじめた。

唇も性感帯だ。昂ぶってきたことがありありと感じられた。

やがて綾は苦しげに、唇をわずかに開いた。

そのあわいから、つるりとした舌が差し出されて、陽一の口中に侵入した。

(うわわわ……綾さんの舌が……)

その瞬間、意識がスパークした。

綾が求めるのと同じように、陽一も息を荒げながら舌を差し出し、からませた。

「……ンッ……ンフッ……」

綾がくぐもった官能的な吐息を漏らし始める。

たまらなくなって、ますます舌をもつれさせて綾の口腔をなめまわす。

甘い唾液の味が、口中に広がった。

さらに、綾の可愛い舌を舌でからめとって、チューッと吸いあげた。

このへんは奈々子や玲子に身体で教わった舌愛撫だ。

「……ンンッ……んぐッ」

苦しげに鼻奥で喘ぐ綾を見つめながら、陽一は本能的に、ネルシャツ越しのふくらみを、ムギュッと揉みしだいた。

「んんっ……！」

綾がビクッとして、その乳房を握りしめる手首をつかんだ。

つかまれても、綾のおっぱいの揉み心地のよさを感じてしまっては、もうどうにもならなかった。

（……ふわっふわだ。や、柔らかいッ）

手に余る大きな乳房を、服の上からムギュ、ムギュッと揉みしだいた。

指が肉に沈み込む。しかし、すぐにその指を跳ね返す若々しい弾力を感じた。

（ああ……すごい……）

キスを許してくれたと思えば、もう最後までいけるのではないか、という欲望が渦巻いた。その欲望は下半身に伝わり、痛いくらいに勃起した。

陽一はキスをほどいた。今しかない。ホテルなんて行ったら、きっと気が変わってしまう。

「う、後ろに……後部座席に行きましょう」

言うと、綾は何も言わずに一旦降りて後部座席に座った。陽一も同じように綾の隣に座る。

大きな四駆だから背が高く、後ろの席もゆったりしている。

再び顔を寄せると、綾が目を閉じて唇を重ねてくる。

先ほどよりも激しく抱き合い、ねちゃねちゃと唾液の音が立つような、激しいディープキスに興じる。甘くてとろけるような、綾の唾をジュルルルと吸いあげると、それだけで頭の中がジーンと痺れていく。

もうガマンできない。

キスをしながら、綾のネルシャツのボタンを外していき、中に着たTシャツ越しの乳房を荒々しく揉みしだく。

そのずっしりとした量感を手のひらに感じつつ、キスで舌をもつれ合わせれば、

「ん……ンンッ……んふぅん……」

と、綾の鼻奥で悶えるくぐもった声が悩ましくなっていき、昂ぶっていくのがはっきりとわかった。綾の手が、ズボン越しの股間のふくらみをさすってきた。

（あ、綾さん……）

おずおずと震える手が、ぎこちなく布越しのふくらみを撫でている。

童顔でアイドルみたいに可愛らしくとも、二十七歳の大人の女なのだ。性的な欲求を伝えるすべを知っている。

そして、自分がこれからどんなことをされるか、想像もできているだろう。

「ん……ンンッ……んふぅん……」

キスする呼気が甘く悩ましいものに変わっていき、左手で勃起をさする手に熱が籠もっていく。天真爛漫さからは想像もつかないほどの、濃厚な色香が漂ってきた。

そのまま綾の肩をつかんでキスを外し、後部座席に押し倒した。

綾は仰向けで、恥ずかしそうに顔をそむけている。

本当に彼女と身体を重ねることができるのか……。

気持ちがどんどん昂ぶっていき、歯止めが利かなくなっていく。

その勢いのままに、乱暴にTシャツをめくりあげた。

ライトグリーンのブラジャーに包まれた、丸々としたふたつのおっぱいがはち切れんばかりに、ぶわわんと目の前で揺れ弾《はず》む。

もう夢中になって揉みしだいた。むちゃくちゃに指を食い込ませた。

おっぱいが形をひしゃげて、レースの施されたブラカップの上部から、大きな乳首が飛び出すほど、両手でやわやわと揉みしだく。

「ああん……いやあっ……」

ブラジャーに包まれたふくらみを見られるのが恥ずかしいのか、綾は可愛らしく両手で前を交差して半身になる。

すると、ショートパンツに包まれたヒップが見えた。陽一はその尻を撫でさすり、ムギュッと指を食い込ませた。

「ああんっ……」

色っぽい声が口から漏れ、いよいよ綾が腰をもどかしそうにくねらせはじめた。

(感じやすいんだな……)

あの明るくニコニコした、ボーイッシュな美少女の顔は、今はとろんととろけて、目の縁も恥じらいに赤く染まっている。

《ふしだらな女なの……》

またあの淫蕩な台詞が甦ってくる。

美少女のような童顔の女性は、夜になれば二十七歳の成熟しきった女になる。そのギャップがたまらなかった。

陽一は白い脇腹から豊満な尻、そしてムチムチした太ももを撫でまくった。

腰は驚くほどにくびれていた。両手でつかめそうなほど細い腰つきから、尻に向かうにつれて急激にふくらんでいく。

はやる気持ちが抑えられなくて、しつこく撫でた。

すべすべした肌が汗ばんだ手に吸いつくようだ。どこに触れても、その瑞々しい肌が、もっちりした触り心地を伝えてくる。

「んっ……んっ……」

綾はギュッと目をつむり、唇を噛みしめつつ、身体をびくんびくんと躍らせる。

感じやすいのに、ガマンしているように見えた。こんな拙《つたな》い愛撫でも感じてくれているのだから、男としては嬉しくてたまなかった。

陽一は手を下ろして、内もものあわいに手を滑らせて、そこからショートパンツの股間にゆっくりと這わせていく。

綾は両脚をぴったりとよじり合わせて、膝を曲げていた。太ももに強く挟まれた手を強引に動かし、タイトなショートパンツ越しに股間を指でさすった。

「ああっ……んんっ……」

綾が、大きくのけぞって震えた。股間が熱気を帯びているのが、ショーパン越しにもわかった。

陽一は二本の指で強く、ショーパン越しの恥ずかしい溝をこすりあげる。

「んんっ……んんっ……」

すると綾は、唇を嚙んで声を押し殺しながら、じりじりと股間を揺らしはじめる。

(ああ、感じてくれている……)

ボーイッシュな彼女が、ハアハアと息を喘ぎながら、再び手を陽一の股間に忍ばせてきて、ゆるゆるとさすった。

「うっ……あ、綾さん」

「……」

恥じらいがちに目を伏せても、欲情は隠しきれないようだった。

ちょうど胸を隠していた腕が外されたので、陽一は背に手をまわしてブラジャーのホックを外す。

とたんにカップがくたっ、と緩み、垂涎《すいぜん》のバストがついに目の前に現れる。

「あっ、だめっ……」

綾が慌てて左手で胸を隠す。

だが巨大なバストは、綾のほっそりした腕では隠しきれずに、白い裾野があらわになっている。

仰向けになっても形の崩れない、たわわなバストに陽一は息を呑んだ。

綾は身体が細すぎて、うっすらとあばらが浮いている。

それなのに、乳房だけが異様に大きい。

普通は巨乳だったら、もっと身体がムッチリしているハズだ。

だから、痩せているのに巨乳というのは奇跡的だろう。その昔、小悪魔ボディと呼ばれた童顔のグラビアアイドルが、バスト八十八センチ、ウエスト五十五センチという素晴らしいボディサイズを売りにしていたが、綾の身体つきはまさにそれだ。

陽一は自分もパーカーとTシャツを脱いで、上半身裸で覆い被さった。

抱きしめると、その甘美なまでのしっとりした柔肌に、陽一は震えた。

(好きだ……全身、舐めつくしてしまいたい……)

夢中になって、首筋やデコルテに舌を這わせていく。甘美な柔肌から、シトラスのような匂いが鼻先に漂う。少し汗ばんだきめ細やかな肌を、ねろりと舐めあげると、

「あっ……あっ……」

綾が切なそうに悶えて、腰をくねらせる。

舐めながら見れば、綾は眉間に悩ましい縦ジワを刻み、今にも泣き出しそうな表情で、唇から艶めいた甘い吐息をひっきりなしに漏らしていた。

耳の後ろにも舌を這わす。と、それがよほどの性感帯らしく、

「あんっ！」

と、甲高い声を放ち、腰をビクンと震わせて両手で後部座席の革に爪を立てた。

両手が外されて、いよいよ目の前で綾の乳房があらわになる。

(おおおっ、なんだこりゃ……)

もっちりと柔らかそうな巨大なゴム鞠《まり》のようなふくらみが、目に飛び込んでくる。

下乳が押しあげるようなカーブを描いていて、これほどの大きさでも少しも垂れずに、ぷるるんっと揺れて、まるで巨大なプリンみたいだ。

これほど大きいのに乳暈《にゅううん》は小さめで、薄いピンク色をしている。尖《とが》りを見せている乳首もピンクだ。静脈が透けるほどの白い乳肉とのコントラストが、イチゴミルクを思わせる。

「大きくて……キレイだ……」

思わず口に出してしまうと、綾が泣きそうな顔でジロッと睨んできた。

「い、言わないで」

また手で隠そうとするので、その両手をひとまとめにして、頭上でバンザイさせて押さえつけた。

ぷるるん、と揺れる乳房を隠しようもなく露わにされた綾は、いたたまれない、と言った感じで顔をそむけて、唇を噛みしめている。

強引にしている罪悪感はあったが、その様子が犯されているみたいで、正直、加虐心に火がついた。

片手で綾の手をひとまとめにし、余った手で捏ねるようにバストを強く揉んだ。

「くっ、ううッ……い、いやっ……」

ふくらみはいやらしく形を変え、淡いピンク色の乳首をいやらしいくらいに尖らせていく。みるみるうちに手のひらも、おっぱいも熱気にまみれて汗ばんでくる。

「ああん……だ、だめっ……こ、こんな風に……」

綾は黒髪を振り乱し、可愛らしく身をよじった。

(これは……か、感じているぞ……いやよいやよも、なんとやらだ……)

陽一はゴクッと唾を呑み込んで、乳房の狭間《はざま》に顔を埋めた。

「あうっ……」

両手を頭上に掲げさせられた綾が、激しく身悶えした。

乳首が少しずつ硬くなっていくのがわかる。その突起に唇を寄せ、チュッと吸いつけば、

「あっ……！」

綾は顎をせりあげて、両目を見開いた。

この反応がたまらなかった。

チュッ、チュッと軽くついばむようにすれば、

「あっ……あっ……」

と、発情しきった女の湿った声が漏れて、何度ももどかしそうに腰を振る。

もっとだ、もっとエッチな顔を見せて欲しい。

陽一は、綾の乳頭に遮二無二《しやにむに》むしゃぶりついた。

ぱっくりと乳首を咥えて、ねろねろと舌で舐めれば、ピンクの乳首がヨダレまみれになって、ぬらぬらと照り光ってくる。

さらに舌を躍らせて、上下左右に舌で転がせば、

「あっ……あ、あ、あっ……ぁあああん……」

びくっ、びくっと震えて、綾が太ももを、じりじりとよじり合わせはじめる。

(いける、このままいけるぞ……)

乳首を舌であやしながら、そっと右手を下ろしていき、ショートパンツの前ボタンに手をかけた。

「あっ……だ、だめっ！」

綾が真っ赤になって激しく身を揺すった。

だけど両手は頭の上で押さえつけられていて、逃げようがない。

「だ、大丈夫ですから……」

なにが大丈夫かわからないが、もう頭の中はオーバーヒートしてしまっている。

震える手でフラップボタンを外し、ファスナーを下ろした。

ライトブルーのパンティの上端が見えた。花模様のレースが飾られた、いかにも清純そうな下着だ。

ファスナーの開いたところから右手を侵入させ、パンティに触れる。

「あっ、いやっ……だめよっ……ああっ……」

綾が顔をそむけた。

パンティの基底部に指を届かせると、じっとりと湿っていた。指がワレ目の部分に触れ、軽く力を入れると、ぐにゃ、と沈み込んだ。

(濡らしている……パンティが蜜を吸って、ぬるぬると……)

パンティの上からさらに陰裂を撫でさすると、愛液の濡れ方がひどくなってきた。

綾は両手をバンザイさせたまま、顔を横にそむけて唇を噛んでいる。

濡れているのを知られたのが恥ずかしかったのだろう。

それでも指が布の上からでも陰部をこすれば、

「んっ……んんっ……」

と、くぐもった声を漏らして、ピクン、ピクンと反応してしまう。

(これはもう、最後までいける……!)

もうそのことしか頭になかった。

片手で綾乃の両手を封じながら、ショートパンツを無理矢理に太ももまで下ろして、淡い色のパンティを丸出しにした。

可愛い顔に似合わず、獣じみたチーズのような発酵臭が漂ってくる。

(ああ……いやらしい……清楚で可憐な綾さんの、アソコの匂い……)

リミッターが外れたような気がした。

欲望のままにパンティの中に右手を突っ込んで、ふっさりした茂みの奥のワレ目に触れる。くちゅ、といやらしい音がした。

「ああ……こんなに濡れて……」

「いやっ、いやぁぁ！」

綾は猛烈に抗《あらが》った。よほど恥ずかしかったのだろう。

もうだめだ。

陽一は片手で、自らのチノパンとパンツを下ろした。

勃起しきった男根が、唸りをあげて反り返った。

「だ、だめっ！」

恥ずかしそうにしていた綾の表情が、一瞬でハッと怯えて、今にも泣きそうにくしゃくしゃになっている。

頭上で押さえつけられている手が、拘束を外そうと必死になって暴れている。

「だ、大丈夫……」

「大丈夫じゃないの！　お願い！　離して、嫌いになるッ！　やめてってば！」

その睨みつける目が、怖いくらいに本気具合を伝えてきた。

陽一は手を離した。綾がハッとした顔をする。

「……ごめんね、私……」

青ざめた表情をしたまま、綾が上体を起こした。

突然のことで、まったくなにがなんだかわからなくて、陽一は呆然と綾を見た。

わかったのは、嫌が本気でいやがっていたということだ。いやよいやよも好きのうち、なんて勝手に考えていた自分が恥ずかしい。

だが実際にはあそこまでいって……ダメなんてことがあるのか？

勃起していた性器が急速にしぼんでいく。

綾はうなだれながら、何度も謝った。

「……ごめんね……私……私……」

この様子を見て、まだ抱けると思う男はいないだろう。

「す、すみません……僕が悪いんです。あまりに興奮して乱暴に……」

「ううん、違うの……」

綾が首を横に振った。

「そうじゃないから……私が悪いの……」

陽一は次の言葉を待った。

だが綾の口からは何も出てこなかった。

綾は乳房の上に引っかかっていたブラを両手で下げ、たわわなふくらみをカップに収めてから、背中のブラホックを留め直した。

それから腰を浮かせてショートパンツを穿き、前のフラップボタンをはめて、また髪の毛を耳の上でかきあげた。陽一もがっかりしながら服を着た。

「か、帰りましょうか……遅くなるし」

おずおずと言うと、綾は無言でコクンと頷いた。

帰り道のクルマの中は、これ以上ないほど気まずかった。

気まずいまま、一時間半で駅のロータリーに着いた。

着いてクルマを停めても、綾は降りずに、何かを考えているようだった。

「あの……着きましたけど……」

陽一が静かに言うと、助手席の綾がじっと見つめてきて、やがてゆっくりと口を開いた。

「……あのね……あの……実は私、バツイチなの……」

「は?」

予想もしなかった言葉に、陽一は固まってしまった。

第四章　淫ら妻たちの企《たくら》み

1

（バツイチかあ……）

都内のシティホテルの一室で、陽一は緊張しながらもベッドの端に座って、昨日の夜のことをまた考えていた。

バツイチだと告白した綾は、クルマの中で、ぽつりぽつりと話し始めた。

「夫とは二年前に離婚したの。結婚生活は一年間だけ。つき合っていた頃は、優しい人だと思っていたわ」

少し逡巡してから、綾は続けた。

「だけど結婚してから急に私を束縛するようになったの。仕事の帰りはどこにいたとか、毎晩根掘り葉掘り訊かれて……ついにはＧＰＳ携帯まで持たされて……いやだといったら平手打ちされたわ。それが最初だった。そこから、彼は私に手をあげるようになって……」

まさか、と思った。

あんな天真爛漫で可愛らしい彼女が、ＤＶされていたなんて……。

「奈々子さんや玲子さんとも相談して……結局弁護士を立てて離婚することになったの。夫は言ったわ。私がふしだらなのが悪いんだって。誰にでも依存するような、悪い女だって言われた。その恐怖が今も残っている。だからセックスが怖いのよ」

「そ、そうなんですか……」

陽一はあまりのショックで、それしか言えなかった。

そして、綾を欲望のままに荒々しく抱いたことをひどく後悔した。

もっと優しくするべきだったのだ。

(いまさら後悔してもなあ……もう遅いし……嫌われただろうなあ)

キングサイズのベッドに寝転び、ハアとため息をつく。

そのときだった。

コンコン……とホテルの扉がノックされて、陽一は慌てて入り口のところに行ってドアを開けた。

奈々子と玲子が立っていた。

ドキッとした。

キャンプのときとは、まるで違うふたりの雰囲気に、陽一は気圧《けお》される。

奈々子は髪を後ろで結わえ、クリームイエローの膝丈ワンピースというフェミニンな格好で、首元のパールのアクセサリーや、腕に嵌めたブレスレットがいかにも高級そうだった。いつもより濃いメイクが華々しくて、どこからどう見てもセレブな貴婦人だ。

玲子も同じで、佇まいが上品だった。

ふんわりとしたミドルレングスの栗髪はきちんとセットされ、こちらも濃いめのメイクで色っぽい。グロスリップで濡れた厚ぼったい唇が、いつにも増して男心をくすぐってくる。身体のラインがわかる細身のグレージャケットの下に白いブラウスを着て、ひかえめな長さのグレーのタイトミニスカートを穿いていた。

ふたりの肥大化したヒップの充実が、人妻らしい濃厚な色香を漂わせていた。

「お待たせ。ウフフ、もう鼻の下が伸びてるわよ、陽一くん」

「いやらしいわあ。でもそんなところが可愛いんやけど」

ふたりの視線はすでにねっとりしていて、陽一もムラムラしてしまい、なにかにとり憑《つ》かれたように、二人のセレブ奥様をいやらしい目で見てしまう。

「の、伸びますよ。だってそんな、セレブな人妻って感じのおふたりで……」

陽一の言葉に、ふたりは顔を見合わせてウフフと笑う。

「セレブって言われてもねえ、堅苦しいだけよ。今日の昼間もパーティだもの。にこにこして、ずっと挨拶しているのって疲れるのよね」

奈々子が微笑みながら、続けざまに陽一の方を向いて、訊いてきた。

「それで、昨日はどうだったの？　綾ちゃんとうまくいったの？」

「いや……それが……」

陽一は一瞬、言葉につまった。が、全部正直に話した方がいいと思い、続けた。

「強引に迫ったら、拒絶されました」

「綾、その理由を言った？」

玲子が口を挟んだ。

「ええ。ストーカー旦那のことも、全部」

奈々子と玲子がまた顔を見合わせた。

「理由を言ったなら、脈ありかもしれないわね」

と、玲子。

「あの子のこと、教えてあげましょうか？　これからどうしたらいいか……」

奈々子が言って、ウフフと笑う。

「え？　それはぜひ……」

「じゃあ、あとでね。あんまり時間もないし……」

奈々子は媚態を含んだ目をして近寄ってきた。ベッドの端に座っていた陽一の隣に並んで座り、

「ウフフ、私たちをちゃんと楽しませてからね」

そう言って、アクセサリーを外してベッドサイドのテーブルに置いた。

香水をつけているのだろう、先日のテントのときよりも、甘く濃厚な女の肌の匂いが鼻先に漂った。

そして、奈々子は立ちあがると突然ワンピースを脱ぎ始めたので、陽一は焦った。

（えっ……？　えっ……！　い、いきなりっ……玲子さんもいるのに……それにシャワーも浴びてないのに……）

呆然としていると、奈々子は白いレースブラジャーと、パンティを透かすナチュラルカラーのパンティストッキングという、妖艶な下着姿を見せつけてきた。

「その狼狽《うろた》えた目が可愛いのよね。女の子に慣れていないっていうか、欲望に忠実っていうか……そこが綾ちゃんも気に入ったんじゃないかしら」

三十三歳の成熟しきった大人の余裕を見せつつ、奈々子はパンストをくるくると丸めて脚から抜き取った。

「陽一くん、ウチも可愛がってね」

負けられないという顔つきで玲子が言い放つと、玲子はジャケットを脱いで白いブラウスをタイトスカートから引き抜き、ボタンを外していく。

（うわっ、すごい……）

白いブラウスから、赤いブラが透けていると思っていたが、案の定、玲子はワインレッドのいやらしいブラジャーを身につけていた。

色だけではない、ハーフカップから白い乳肉がこぼれ落ち、上部のレース部分は透けているから、濃いピンクの乳首が見えてしまっていた。

タイトスカートを落としてパンストを脱げば、股上の浅くて布地の小さな、セクシーな赤いパンティが露わになった。

（エ、エロい……エロすぎるっ……）

「ウフ、陽一くん、目がハートマークになってはるよ」

おっとりした京都弁で言いながら、玲子はくすっと笑って、陽一の座っている膝の上に、わざとお尻を落としてくる。

「うっ！」

勃起が玲子の豊満なヒップに押しつぶされて、さらに漲りを増す。

「綾とうまくいくといいと思っているけど……それはそれ。今、あなたは私たちのものよ。デートをお膳立てしたんだから、ね」

ワインレッドの下着の玲子が、そう言って、とろんとした目つきで見つめてくる。

「テントの中、最高に興奮しちゃったもの。よかったわよ、陽一くん」

横からは白い下着の奈々子が、柔和な顔を赤く染めつつ、豊満な肢体をぐいぐい寄せてくる。

たわわな柔らかい胸のふくらみが、腕に当たって、そこだけが淫靡な熱を持つ。

(うう……た、たまらない……)

美しい人妻ふたりに、いやらしいランジェリー姿で責められて、陽一はもう夢見心地だった。

「あ、あの……本当に三人で、するんですか？」

「なあに、私たちじゃ不満？」

膝の上にいる玲子が、ぷくっと頬をふくらませる。

「ち、違いますよ……ただ、その……さ、三人って……夢みたいだけど、どうやるのかなって」

「私たちふたりを好きにしていいのよ。キミってSっぽいところもあるから、おばさんたちを縛ったりしてみたいんじゃない？　抵抗できなくして、うんとエッチなことしちゃうとか」

玲子が、いきなり過激なことを口にする。

「し、しばっ……縛るなんて……そんなこと……」

陽一は目を見開いて声をかすれさせた。

むっちりグラマラスな三十三歳の可愛らしい奈々子。

一方で膝の上にいるのはスレンダーだが、胸やお尻は人妻らしい脂の乗っている、セクシーな三十歳の玲子。

陽一はふたりを交互に見比べた。

タイプは違うが、まごうかたなき超美人の人妻たちだ。

そのふたりを好きにしてもいいなんて……。

「あんっ……やだっ、奈々子さん。この子、オチンチンをビクビクさせてるわ。ウチらを縛って犯しているところ、想像したんやわ、きっと」

玲子が淫靡な視線をよこしてくる。

もうさっきからドキドキがとまらなくて、おかしくなりそうだった。

人妻の濃厚な柔肌の臭いが、ムンと鼻先に漂ってくる。シティホテルの一室は、もうさながら高級ハーレムの様相だ。

「ウフフ……やっぱりこういうのって、ドキドキしちゃうわね。陽一くん、私たちも初めてなのよ、三人でするのって……」

迫ってくる乳房とムッチリした下半身の迫力に圧倒されながら、陽一は奈々子を見た。玲子もンフッといやらしく笑う。

「初めてなんですか？」

陽一が訊くと玲子が、

「時間がなかったたし、たまたまふたりの空いている時間が重なったから……奈々子さんに訊いたら、ええよっ、て言ってくれたから」

「私たち仲はいいけど、そこまでいつもハメを外しているわけじゃないのよ。言い訳じみているけど、でも本当。キミが可愛いから、たまにはこういう大胆なこともいいかなって」

そう言う奈々子が横に、そして玲子が膝の上に。

ふたりの濃厚な色香がまた一段と濃くなったような気がして、いよいよ陽一も頭が痺れてきた。

2

奈々子は陽一の右手をとると、そのまま白いブラジャーに包まれた、たわわな乳房に重ねさせた。

（うわっ……やっぱり大きい……それに熱い）

奈々子の乳房の火照《ほて》りが、手のひらから伝わってくる。

見れば奈々子の顔が真っ赤になって、乳肌もうっすらピンクに上気している。

（よ、よし、やるぞ……こんな経験、もう二度とできないんだろうから……）

陽一はとまどいもそこそこに、片手では収まりきれないふくらみをムギュ、ムギュと揉みしだいた。

「あっ……んんっ……」

甘い吐息を漏らし、奈々子が豊満な肉体を早くもよじりはじめる。

奈々子の肩を抱いて本格的な乳揉みをしようとするのだが、玲子が膝の上に乗りながら、首に腕をからませてきて、陽一の首を引き寄せて顔を近づけた。

「ウチにも……ねえ、キスして」

セクシーなワインレッドの胸を正面から押しつけながら、玲子が目を閉じる。

陽一は誘われるままに唇を押しつけた。

ぷにゅっ、とした唇の感触を味わい、ミントの甘い吐息が口中に広がっていく。

半開きにした口から舌が差し出されて、陽一も夢中で舌をからみつかせた。

「んっ……んっ……」

玲子はくぐもった声を漏らしながら、湿った舌をねちゃ、ねちゃ、と音を立てて動かして、口中をまさぐってくる。

やはり玲子の方が大胆だった。

よく動く舌先がちろちろと上顎や歯を舐めてくると、ぞくぞくとした痺れが身体の奥からうねりあがって、こちらもたまらなくなってくる。

「んふっ……ねえ……私にも……」

横から奈々子がねっとりとささやいてきた。

それが聞こえたらしく、玲子がキスをほどく。

陽一の唇と玲子の唇に、キラキラ光る唾液の糸がツゥーッと垂れた。

その唾の糸もかまわず、奈々子は陽一の唇にキスをしてきて、ねっとりと舌をからめてくる。

(ああ……奈々子さんの唾も甘い……というか僕の口の中で、ふたりの唾液が混ざり合って……いやらしすぎる)

両の頬を手で挟むように陽一の顔を向けさせて、奈々子はディープキスに興じた。

玲子に比べて、ひかえめな舌の動かし方が、いかにも恥じらいがちな奈々子らしくて可愛い。

うっとりと奈々子とねちねち舌をからめていると、玲子の手が、シャツのボタンにかかるのを感じた。

上からゆっくりとボタンを外されていき、上半身を裸にされる。

その勢いのままに、玲子にベッドに押し倒された。

美しい人妻ふたりは、その熟れきった肢体を、こすり合わせるように陽一にからめてくる。濃厚な色香がダブルで責めてきて、噎《む》せ返りそうになる。

奈々子がキスを再開させながら、自ら背中に手をまわして白いブラジャーを外す。陽一口づけしながら、ちらり見れば、豊満な白い乳房がゆっさゆっさと揺れていた。陽一は夢中になって、奈々子の乳房に手を伸ばした。

「んふっ……んんう……んん」

濃厚な口づけを交わしている奈々子が、乳房を直に揉みしだかれて、悩ましい声を漏らす。

（ああ……柔らかくて……でも、張りがあるのもいい）

熟れた乳房の揉み心地に陶然《とうぜん》となりながら、横目で見れば、玲子もブラジャーを外して、ベッドに仰向けになった陽一の下半身に移動している。

（あっ！　れ、玲子さん……）

陽一は、奈々子と口づけをしながら、眉をひそめた。

下半身にまわった玲子にベルトを外されて、ズボンを脱がされてしまい、パンツ一枚の恥ずかしい格好にされたのだ。

「やあだ。陽一くん、下着に恥ずかしい染みがついてるわよ。恥ずかしくないのかしら？」

玲子に言われて、陽一はカアッと脳が灼けた。

しかし、隠そうにも奈々子に抱きつかれて、舌をねちねちとからめ合う深いキスをしていては、手のひらを下腹部に持っていくこともかなわない。

（ああっ！）

今度はそのシミつきのパンツに玲子の手がかかり、一気に引き下ろされた。

痛いくらいに勃起した男性器が外気に晒される。

一対一ならまだしも、ふたりの女性の前で、ねとねとと透明なオツユでまぶされた男根をさらすのは、かなり恥ずかしい。

「ンフッ、いつ見ても逞しいのねえ。綾が羨ましいわ」

そう言って、玲子は肉棒をつかみ、うっとり微笑んでいる。

ワインレッドのパンティ一枚の美しい人妻は、いきり勃つものをつかんだまま、顔を寄せ、舌でねろりと勃起の裏筋を舐めあげた。

「むむ……むうう……」

陽一はくぐもった声で唸った。

下半身をねちねちと玲子の舌で責められつつ、上半身では奈々子と熱い口づけを交わして、おっぱいを揉みしだいていた。

（これが……これが３Ｐか……）

女体を責めているのに、自分も責められる。

快感は倍増して、頭の中が真っ白になっていく。

陽一は唾液まみれになった口を外し、背を丸めて奈々子のカチカチになった乳房に下からしゃぶりついた。

「あっ、あんっ……」

奈々子がビクッと震えて、豊満な肢体をしならせる。

白いパンティ一枚の下腹部が、早くも物欲しそうに揺れている。

「奈々子さん、いやらしい乳首……く、くうう！」

陽一は危うく奈々子の乳首を噛みそうになり、慌てて顔を離した。

仰向けの上体を起こして下を見れば、広げられた足下に、玲子が四つん這いで陣取って、亀頭の裏筋から皺袋の裏までをツゥーッと舌で舐めはじめていた。

「くっ、っ……ッ」

唾液をたっぷり含んだ、ざらついた玲子の舌が、敏感な部分を這いまわるだけで、陽一は身をよじるほど感じてしまう。

奈々子を責め立てようにも、リズミカルに勃起を舌でしごかれると、両手でシーツを握りしめて、腰をみっともなく浮かせてしまう。

「ッ……れ、玲子さんッ……そ、それヤバい……おああ」

陽一は思わず唸り声をあげ、天を仰いだ。

玲子が亀頭をぱっくりと咥え込み、顔を前後に打ち振りはじめたからだ。

ハアハアと息を荒げながら見れば、シャープな頰をへこませて、口内で大量に分泌した唾液をこぼして、じゅる、じゅるっ、と吸い立ててくる。

さらには、垂れかかるミディアムヘアを色っぽくかきあげると、今度はくびれたカリに舌を巻きつかせて、ねろねろと色っぽくしゃぶってくる。

「ンフッ……陽一くんのこれ、ええ味よ」

玲子は可愛らしく言いながら、切なげに見あげてくる。

三十路の人妻の色香に、もう陽一は震えるくらいに昂ぶってしまう。

しかし、これは3Pだった。玲子は、奈々子に向けて妖艶に微笑んだ。

「奈々子さん、ねえ、この子をイカせない？　オチンチンがびくんびくんとして、射精するときに、すごく可愛い顔するのよ」

「玲子はすぐ、いじめたがるんだから。私、どうしたらいいの？」

奈々子が小首をかしげると、玲子が手で、おいでおいでをした。

（こういうときは、年下の玲子さんがイニシアチブを取るんだな……）

Sで強気の玲子と、どっちかというとMっぽいおっとりした奈々子なら、玲子がリードするのは当然だと思うのだが、普段は年上の奈々子を玲子が立てている感じだから、ふたりの関係性がちょっと複雑で面白い。

と、考えているときだった。

「おおお！」

陽一は大きく目を見開いた。

ベッドに大の字になって仰向けになった陽一の足元に、玲子に続いて、奈々子が四つん這いになってしゃがみ込んだ。

美しい人妻たちふたりが並んで、たわわなバストをあらわにした四つん這いのまま、陽一の勃起を左右から舐めてきたのだから、興奮しないわけにはいかない。

右から左から、二枚の舌で責められると頭の中がピンクに染まった。

（くうう……た、たまらないっ！　なんだこりゃ……）

ふたりはお互いの舌が重なり合うこともいとわず、ねろねろと競うように舌で勃起をくすぐってくる。

そそり勃《た》つ男根が、あっという間にふたりの唾液まみれになった。

「ああっ、す、すごすぎますッ……くうう」

美人妻たちのダブルフェラは、あまりに気持ちよくて、陽一はまるで恥じらう乙女のように、シーツを思い切りギュッとつかんで身悶えした。

ふたつの舌で舐められる気持ちよさもたまらないが、それよりもパンティ一枚の美人妻ふたりを従わせているということが夢のようだ。

「ウフッ、感じやすいのね、陽一くん、ンフッ、ねろっ、ねろっ」

玲子が裏筋に舌を這わせれば、陽一は大きくのけぞり、

「美味しいわ、キミの味……ううんっ……ンぅぅんっ……」

続いて奈々子が、あむっ、と口唇を開いて上から亀頭を呑み込めば、陽一は脚をガクガクと震わせてしまう。

「くうう……だめです、もう……」

ふたりの人妻によって唾液まみれにされ、陽一はKO寸前だった。

(こ、このままじゃ、あっけなくイカされる……)

陽一は、ふたりの人妻を眺めた。

四つん這いになったふたりの大きなおっぱいが、ぷるん、ぷるんと下垂して揺れている。乳房はしっとり汗ばんで、パンティ一枚の豊満なヒップが揺れ、獣じみた、いやらしい匂いを放ってくる。

やられるだけでなく、自分からも責めてみたい。

そんなときに玲子が口を開いた。

3

「せっかくふたりがかりなんだから、もっと大胆なことしてあげましょうか？」

玲子がイタズラっぽく笑って言った。

「えっ……？」

陽一が戸惑うのを尻目に、玲子は陽一の両脚をつかんで持ちあげる
赤ちゃんがおしめを替えるときのように、M字開脚に押さえつけられた。

「う、くっ……ち、ちょっと恥ずかしいですよ、玲子さん。こんな格好……」

陽一は顔を真っ赤にすると、

「いやあんっ、いやらしい……」

奈々子が覗き込んできて恥ずかしがるものだから、余計に羞恥が込みあがってきて、会陰部にむず痒い感覚が生じる。

「奈々子さん、この格好でオチンチン舐めてあげて」

玲子の言葉に、顔を赤らめていた奈々子は、

「ウフ、いいわよ」

と、恥ずかしい排泄孔まで丸見えになっている陽一の股間に、おずおずと顔を寄せて、勃起に唇を被せてくる。

「くうう」

陽一はM字に開脚させられたまま、腰を震わせた。

女性でいうところのマングリ返しにされたまま、フェラチオされるなんて、男として屈辱としか言いようがない。

「ああ……や、やめてくださいっ。恥ずかしいです」

陽一は必死で懇願した。

逃げたくとも、ふたりが持ちあげた脚を押さえつけているので、不自由な開脚姿勢をほどけない。

「ンフッ、気持ちいいでしょ、陽一くん。お尻の孔がヒクヒクしてはるわ」

玲子に言われて、陽一はカアッと顔を赤らめた。

「み、見ないでくださいっ」

言いながらも、お尻の穴をじっくり見られているという羞恥に、陽一の勃起はさらに漲る。

「ウフフ……ッ」

咥えていた奈々子が、上目遣いに微笑んできた。

口中の勃起がビクビクと脈動したからだろう。

奈々子は微笑みを浮かべたまま、顔を前後に打ち振って、そのまま勃起を口でシゴき始める。

「うんっ……うん……うんッ」

苦しげな声を漏らして、リズミカルにおしゃぶりする。

時折、奈々子が根元近くまで呑み込めば、

「くふっ」

と、鼻から悩ましい吐息を漏らして、後ろに突き出したヒップを微妙に揺らす。

玲子がその様子を見て、ニヤリ笑う。

「ねえ、陽一くん。まだアカンからね。出したらアカンよ。もう少しガマンしてね」

と言うと、玲子は奈々子と同じように陽一の下腹部に顔を寄せてくる。

肉棒の下の蟻《あり》の門渡《とわた》りに、べちゃ、という濡れた舌の感触がして、そこから排泄孔までじっくりと舐められた。

「ひっ！　ち、ちょっと待ってくださいッ！」

陽一は折り曲げた脚をバタバタさせて、苦悶の表情を浮かべる。

尻を這っていた玲子の舌が、アナルの窄《すぼ》まりを這いまわる。

（くぅぅ……ま、また……う、嘘だろ……）

またアヌスを責められる。しかも奈々子の前でだ。陽一は頭がパニックになった。

玲子は不浄の皺孔にキスしたあと、ウフフと笑い、唾液をたっぷりと滴らせた舌を尖らせて、ついには、ヌルッと排泄孔に潜らせてきた。

「あああっ！　れ、玲子さんッ」

おぞましい感触がせりあがり、いてもたってもいられなくなってくる。

だが太ももの裏をふたりがかりで押さえつけられて、どうにも逃げようがなく、されるがままだ。

玲子は潜らせた舌を、お尻の穴の中でじっくりとそよがせる。

括約筋をほぐされて、排泄するだけの腸管をヌルヌルとしゃぶられる行為に、得体のしれぬ感覚が湧いてくる。

しかもだ。

勃起したペニスは、奈々子の舌によって、ねっとり舐めしゃぶられていた。

「おおっ……ッ！」

前から後ろから押し寄せる快楽に、もう声もあげられなくなるほど、ぶるぶると震えてしまう。

会陰が痛いほど引き攣《つ》り、ペニスが熱くふくらんでいく。

「で、出るッ……出ちゃいます」

言いながらも、陽一は奥歯を食いしばり、吐精ギリギリでたえた。

M字開脚させられた足先が、ブルブル震えて爪先が丸まる。

そのとき、尻穴をえぐっていた玲子の舌がすっと離れた。

それを見た奈々子も「えっ」という表情をして、ぬぽんっ、と音を立てて口唇を勃起から引き離した。

玲子は奈々子に向かって言う。

「ねえ奈々子さん。交代しない？」

奈々子は、M字に開いた陽一の会陰をチラリ見て、息を呑んだ。

「私も……後ろを舐めるの？　私そんなこと……恥ずかしくて……したことないし」

「ウフフ。マゾの奈々子さんは、そういうことしたいって顔に書いてあるわよ」

「そんな……」

奈々子のタレ目がちの表情が、困ったように曇る。

「さあ、やるのよ、奈々子さん」

玲子がウフフと笑い、奈々子と目を合わせる。

奈々子はつらそうに眉をひそめるも、玲子の言葉の魔法にかかったように、陽一の脚を押さえつけて、尻割れの中心に顔を寄せていく。

「な、奈々子さんっ……や、やめてっ……くううう」

今度は奈々子の舌が、ぺろぺろと不浄の窄まりを舐めてくる。

(こ、こんなことされるなんて……なんなんだ、このふたりは……)

元々が性的に貪欲だったのか、それともセレブ妻という地位が、ハメを外させるのか……とにかく、ふたりのアブノーマルさに陽一は身震いした。

「んっ……んっ……んっ……」

広げた股間から、奈々子のリズミカルな息づかいが聞こえてきた。上気した奈々子の顔が上下しているのが見える。

そして、玲子と同じように、奈々子の舌先が腸管に潜り込んできた。

「くぅぅぅ!」

身体の中に舌を入れられて、内側からくすぐられるようなもどかしさに、陽一が目を白黒させていると、玲子が含み笑いを見せながら竿を握ってくる。

「ウフフ。奈々子さん、お尻の穴を美味しそうに舐めるのねえ……」

そう煽りながら、玲子はわざと大げさな動作で勃起に鼻を近づけて、くんくんと匂いを嗅ぐ。

「奈々子さんの唾の匂いがすごいわ……」

「あんっ、玲子……いじめないで」

尻責めをする奈々子が、恥ずかしそうな声を放つ。

玲子は奈々子を見て冷笑しつつ、勃起に舌を這わす。

「奈々子さんの唾、甘いわ。あむっ……んんっ……」

続けざまに、玲子が亀頭を頬張った。

じゅぽっ、じゅぽっ、と唾の音を立てて、口に含んだ肉茎を責め立ててくる。

加えて後ろの孔を舐めしゃぶる奈々子も、舌を激しく出し入れしつつ、ねっとりとした唾を腸の内側に送り込んで責め立ててくる。

「おおっ……」

陽一は脂汗をにじませて、顔を大きくのけぞらせて震えた。

「くうう……や、やばい」

再び射精欲が込みあがってくる。さきほどよりもうねりが激しい。

陽一は、苦悶の表情を浮かべて泣き叫んだ。

「ああっ……奈々子さん、玲子さんっ！　……もう限界ですッ！」

陽一の訴えに、玲子は勃起を口から外して、ニヤリ笑いかけてきた。

「私と奈々子さん、どっちに呑ませたい？」

「え？」

いきなり言われて戸惑った。

だがもう考えることなどできないくらい、昂ぶってしまっていた。

「り、両方……ふたりに……」

「フフッ、欲張りさんねえ……いいわ」

玲子は勃起を深くまで咥え、素早く頭を振りつつ、根元をシコシコとこする。

奈々子は同時に、舌を目一杯伸ばして肛門にねじ込んできた。

猛烈な甘美が、ペニスの先でふくらんで充足する。

「くううっ……出るッ……ああっ、出ちゃいます！」

情けない言葉を放った瞬間だった。

切っ先が決壊して、玲子の口中に射精する。

「んふっ！　んん……」

玲子が眉根を寄せてつらそうな格好で頬をふくらませていく。切っ先からまるで小水のように放たれる精子は、かなりの量だろう。

「くううう……」

気持ちよすぎる射精に、陽一は大きく目を見開いて、ガクガクと腰を震わせる。

甘美な時間が続いてから、ようやく放出が収まった。

「んんっ」

玲子が頰をふくらませたまま、ようやく勃起から口を外す。

その口からはツンとした生臭さが漂っている。

(ああ……玲子さんの口の中に……たっぷりと注いだ……)

口内射精の余韻に浸りつつ、仰向けになって息を荒げていると、奈々子が窄まりからふいに、舌を抜いた。

(えっ……？)

玲子が奈々子を見た。

こくんと頷いた奈々子が、玲子の口唇に顔を近づけていく。

(あっ！)

奈々子と玲子の唇がそのまま重なり合う。

玲子の口端から、白い粘着性の体液がどろっと流れていくのが、ふたりの唇の狭間から見えた。

（うわわ……玲子さんが……奈々子さんに僕の精液を口移しで……）

ふたりの喉が、こくん、こくんと動いていた。

唇の隙間からこぼれた精液が、ツゥーッと垂れて、奈々子のおっぱいに落ちた。

「れ、玲子さん……奈々子さんも、僕のを……」

陽一は震え声を出した。

ジーンとした痺れのような多幸感が心の中に広がっていく。

女同士のキスも衝撃的なら、精液を口移しで呑ませるという行為もいやらしく背徳的だ。

長い精液移しの口づけを終え、ようやくふたりは唇を離した。

奈々子はぼうっと霞がかったような、うっとりした表情で自分の乳房に落ちた精子を指で拭い取って、口に運んで嚥下《えんげ》する。

「やだっ……私ったら……」

奈々子はベッドにぺたんと脚をついたまま、恥ずかしそうにしている。

まるで自分のしたことが信じられないという表情だ。

ふたりともパンティ一枚の肉感的なボディを汗でぬめらせて、ホテルの照明で照り光らせている。

陽一はバスルームに行って、タオルを持ってきてふたりに渡した。

「ウフフ、キャンプのときも思ったけど、あなたって気が利くわよね。そういう男の子ってモテるわよ」

玲子が額の汗を拭いながら言う。

奈々子も桜色に染まった肌を、タオルで拭く。

「ウフフ、奈々子さん。可愛らしかったわ。ねえ、久し振りにしたくなっちゃった」

奈々子がハッとして玲子を見た。怯えているようだった。

(なんだ……いったい、なんだこれ……)

呆気にとられていると、

「陽一くん、そこのベルトを取ってちょうだい」

玲子の言葉に、奈々子の顔がより一層強張りを見せた。

4

「べ、ベルト?」

「いいから」

玲子の迫力に気圧されて、陽一は脱ぎ捨ててあったズボンからベルトを抜き取る。

ベッドでは、むっちりした巨乳美熟女を、スレンダーな美しい人妻が押さえつけているところだった。

ふたりともパンティ一枚といういやらしい格好で、女同士がからみ合っているのはなんともエロティックだ。

「陽一くん、それを貸して」

玲子が奈々子を押さえつけながら、陽一に向かって手を伸ばす。

「ちょっと……あんっ……玲子ッ……やめなさいっ……離して」

奈々子がベッドにうつ伏せにされて、ジタバタと手足を動かした。

玲子は陽一からベルトを受け取ると、奈々子の手をとって背中にまわさせて、手首に革ベルトを巻きつけていく。

「玲子っ……いやっ……」

「ウフフ、可愛い……思い出しちゃうわ、大学時代を。ねえ、奈々子先輩」

玲子が甘ったるい媚びた声で、今までと違う呼び方をした。

(大学時代って、何があったんだ？)

そんなことを思いつつも、奈々子はうつ伏せのまま、両手を背中でひとくくりにされて拘束されてしまった。

「は、外しなさいっ……玲子っ……ちょっと冗談が過ぎるわ」

「冗談ではないわよ、奈々子さん。思い出すでしょう？　大学時代に私にレイプされちゃったんだもんね」

「ええ？」

端で見ていた陽一が、思わず声をあげた。

「い、言わないでっ……玲子ったら。陽一くんがヘンに思うでしょう」

奈々子が顔を真っ赤にして玲子を睨みつけた。

「あら、だって本当のことよねえ」

玲子は、奈々子の身体を仰向けにすると、巨大なふくらみに指を食い込ませた。

「あっ、あんっ……」

奈々子が身をよじりつつも、陽一をちらり見て、恥ずかしかったのか顔をそむけた。

「だめよ、奈々子さん。陽一くんにしっかりいやらしい顔を見せてあげてよ」

「あんっ、やめて」

玲子は奈々子の乳房をぐいぐい揉みながら、陽一に向かって笑みを漏らす。

「ンフッ。教えてあげる。私が一年生のときにね、奈々子さんは四年生だったの。最初見たときびっくりしちゃったわよ。こんな可愛い子がいるんだって。おっとりしていて、いつも笑っていて。天使みたいだったの」

言いながら、玲子は奈々子の髪の毛をかきあげ、うなじに唇を這わせる。

「ああんっ……やめてっ……」

奈々子が悶えて、眉間に悩ましい縦ジワを刻む。

玲子が唇を離して妖しげに笑う。

「それでね、サークルのみんなで温泉旅行に出かけて部屋呑みしていたときに、奈々子先輩が酔っちゃって。ひとりで別の部屋に行って先に寝てたの。ウチ、チャンスやと思ったわ。奈々子先輩の寝ている部屋に忍び込んで、布団に潜ったのよ」

陽一は聞きながら、早くもまた股間を熱くさせていた。

玲子の言葉を聞いていた奈々子が、真っ赤な顔で玲子を睨みつける。

「もうっ！　十年以上も前のことなのに……あのとき玲子が寂しいなんて言うもんだから、抱きしめてあげたの。だってこの子、一年生なのに私より色っぽくて、キレイだったし……それにあるでしょう？　女の子同士が遊びでじゃれ合うことだって。それだと思っていたら、この子、いきなり豹変して私の口を手で塞いで……」

「ウフ。だって悲鳴なんてあげられたら、まずいでしょう？　それでこんな風に……」

玲子が、奈々子のパンティに手をかける。

「あっ、玲子っ……ちょっと……だ、だめっ……」

奈々子が身をよじるも、両手は後ろ手に縛られているので抵抗できない。

玲子はスルスルと奈々子のパンティを剝き下ろし、両脚を持って、大きく広げさせた。茂みの奥に剝き出しにされた女の花から、だらだらとヨダレのような愛液が滴っている。

玲子は奈々子をマングリ返しのような体勢で押さえつけながら、

「奈々子さんのおまんこ、あのときより、ずっといやらしくなったのね」

玲子は、奈々子の秘部に熱い視線を注いで、いやらしく笑う。

「ああ……見ないで……玲子ッ……そんな風にしないで」

上品な奥様は、今にも泣き出しそうだ。

「ウフフ。じゃあ、奈々子さん。続きを陽一くんに教えてあげて。大学時代に私に何をされたか」

玲子は奈々子のワレ目を閉じては開き、開いては閉じて弄《もてあそ》ぶ。

愛液が、たらーりと尻穴の方に向けて垂れていく。

「い、言うから……言うからやめなさいッ……玲子に口を塞がれ……あのときもタオルか何かで私の手を縛ってきたわ。それから、指や舌で私の身体中を愛撫して……」

「奈々子さん、そうされて、どうなったのかしら？」

玲子が上部に息づくクリトリスを、指で弾《はじ》いた。

「あああああ……だ、だめっ……言うから……玲子に愛撫されてイッたわ。何度もイカされて……私、頭が真っ白になるまで犯されたの……ああんっ、玲子っ、もういいでしょう？　お願いっ、こんな格好は……」

「ウフフ……ねえ、聞いた？　陽一くん。奈々子さんって可愛いでしょう？　結局ふたりともカレシができたし、そのうち結婚してしまったから、こういうことをすることもなくなっていたのよね。ねえ、陽一くん、あなたも来て。ふたりがかりでイカせてあげましょうよ」

玲子の目の奥が輝いている。

この人は心底ドSなんだと感じて、ゾクッと背筋に寒いものが走った。

「僕も……いいんですか？」

射精したはずのペニスはすでに回復しており、ギンギンとさせながら言うのもなんだが、ふたりの邪魔になるように思えたのだ。

「いいもなにも、こんなに悦《よろこ》んでいるんだもの。見られるだけじゃ物足りないのよ、ふたりがかりで、いじめられるって嬉しいでしょう？　奈々子さん」

玲子は奈々子のワレ目を指でこすりながら、その表情を見つめる。

「ああんっ……そんな……そんなのいやっ……」

いやだと言いながらも、マングリ返しにされた奈々子は、ちらちらとこちらに視線をよこす。玲子が言うように、奈々子は実は嬉しそうだ。

「じゃあ陽一くんは、奈々子さんのおまんこを可愛がってあげて」

陽一はふらふら奈々子に近づいて、玲子の代わりに開いた両脚を押さえつける。

玲子は、奈々子の屹立した乳首をひねりあげると、

「ああっ！　はああっ！」

奈々子がブリッジするように背を浮かせる。

「す、すごい反応……」

陽一は負けじと、目の前に広がる肉の合わせ目に手を伸ばした。

薄桃色の粘膜をいじれば、ぴちゃ、ぴちゃと音がして、獣じみた発情した匂いがプンと匂い立つ。

「すごい……指に吸いついてくる」

陽一はねちっこく指を上下させながら、中指を狭い孔に差し入れた。

「い、いやっ！」

奈々子が汗ばんだ肢体を震わせた。

にゅるっ、と抵抗もなく入った指は、奈々子の熱い媚肉に締めつけられる。その具合のよさに改めて陶然としながら、陽一はぬぷぬぷと指を出し入れした。

「ああっ、やめて！　もうやめて……はあああッ」

奈々子はちぎれんばかりに首を左右に振りたくり、眉根を寄せた切なそうな表情を見せてくる。

「フフ、いやなんて……嘘ばっかり」

玲子は口角を上げながら、奈々子の乳首を吸い立てる。

「や、やめっ……やめてっ……許して……」

M字に開脚させられた脚を、奈々子はブルブルと震わせる。

玲子はソフトタッチで、乳首をねろねろと舐めていた。

少し伸びた爪で、乳頭をこすったり、乳輪をいじったりしながらも、舌の先で乳首を弄ぶ。

（うわっ。玲子さんっ……うますぎるっ……）

　玲子の愛撫の的確さに驚きながらも、陽一も負けられないとばかりに、さらに指を二本に増やして、ねちっこく奈々子の蜜壺を指で穿《うが》ちつつ、同時にクリトリスを舌で舐めしゃぶる。

「あああああっ……いやっ、ああっ、だめっ……ああっ！」

　二カ所を同時に責められた奈々子は眉をたわめ、大きく両脚を開き、両手を後ろ手に縛られた恥ずかしい格好のまま、腰をガクン、ガクンとうねらせる。

　そのたびに膣肉が、陽一の指を痛いくらいに締めつけてきた。

（イッてる……奈々子さんが……）

　奈々子は大きく背をのけぞらせて、きりきりと身体を痙攣させたあと、がくりと弛緩して動かなくなった。

「ウフッ……イッたみたいね、奈々子さん。可愛かったわ……」

　玲子がようやく、奈々子の両手を拘束していた革ベルトを外してやった。

「あんっ、ひどいわ……玲子……」

（すごい……）

　奈々子は手首を交互にさすりながら、ハアハアと息を荒げて、ぐったりしている。

陽一は呆気にとられていた。

普段はおっとりした上品な貴婦人がここまで乱れるのか、という驚きと同時に、玲子のソフトタッチでねちっこい愛撫に感嘆した。

やはり女同士だから、感じる部分がわかるのだろう。まさか3Pで女体の愛撫の仕方を勉強するとは思わなかった。

「奈々子さんを見ていたら、ガマンできなくなっちゃった。ねえ、ちょうだい」

玲子がワインレッドのパンティを脱ぎ捨て、甘えるように言う。

ぐったりしていた奈々子がようやく起きあがり、目を細める。

「玲子ったら……もしかして、陽一くんと先に楽しむつもりで、私をイカせたんじゃない？」

「バレちゃった。じゃあ奈々子さん。ふたりいっぺんにしてもらうのは、どう？」

「もう、玲子ったら、いやらしいことばっかり。わかったわよ……陽一くん、いいかしら？」

陽一は、え？　と思い、次の瞬間、息をつまらせた。

（うわっ……うわわ……）

ふたりが並んでベッドに四つん這いになり、後ろに尻を突き出してきたのだ。

5

（ダブルフェラの次は、ダブルヒップ……いや、ダブルバックか？）

陽一は背後に近づいて、そのふたつの尻に見とれた。

両方とも、はち切れんばかりに丸々とした尻である。

細くくびれた腰から、逆ハートの形に大きくふくらんだ尻たぼに、悩ましいほどの深い尻割れがこちらを向いている。

ふるいつきたくなるほど肉感的だが、こうして並べると、やはり熟れた年齢の差なのか、三十三歳の奈々子の方がやや実っている。

しかし、玲子の尻は迫力があった。

スレンダーなのに尻だけは十分に発達して、ムチッとした悩ましい丸みを描いているのだ。

陽一は、ムラムラとした情欲に突き動かされる。

出したばかりのペニスがぐーんとせりあがって、鎌首《かまくび》をもたげたように攻撃的になった。

「ああ……ふたりともすごいです。もっとお尻を見せて……もっと突き出して。お尻の穴が見えるくらいに……」

興奮気味に言うと、ふたりが四つん這いのまま顔を伏せて、尻を陽一の目の前に向けて高々と掲げた。

ふたりとも、ピンクの窄まりはきれいなシワを収縮させ、その下のワレ目は石榴《ざくろ》のように赤く、ぐちゃぐちゃにとろけて、甘蜜をとろとろと噴きこぼしている。

「あんっ……恥ずかしいわ……陽一くんも、そんな奴隷を扱うみたいに」

奈々子が顔を真っ赤にしながら、ハアハアと息を荒げて尻を振る。

「ね？　この子、おとなしい顔して意外にSなのよ。ああ……もう焦らさないで、早くちょうだい」

玲子が、くなりくなりと腰を揺すって誘ってくる。

陽一は右手を奈々子の股間に、左手を玲子の股間にそれぞれ潜らせて、濡れた媚肉を指でいじくった。

「あっ、あんっ」

「あんっ、いやあッ」

人妻ふたりは同時に甘ったるい声をあげ、ワンワンスタイルの背を大きくしならせる。

「順番としては、玲子さんかな……お尻からびっしょりと蜜が垂れているし……もう待ちきれないって感じで、すごくエッチな匂いが漂って……」

「やだっ、言わんといて……もう疼いちゃってるのよ、早くオチンチン入れて……」

最初会ったときのクールビューティな雰囲気はどこへやら、肩越しにこちらに向けてくる双眸は物欲しそうに潤みきっている。

玲子の背後で膝をつき、いきり立つ先で尻たぶの狭間をなぞりあげる。

「ああんっ、早くっ」

玲子がさらに腰を突き出してくる。

陽一はペニスを持って狙いを定め、ぬかるみの中心に切っ先をゆっくりと沈み込ませていく。

ぶつっと狭い入り口がほつれた感触があった。

温かな膣肉を押し広げるように、怒張がぬうっと玲子の奥まで入り込んでいく。

「あ、あああんッ……大きいのが……ああんっ、私の孔、広げられてるッ」

玲子は甲高い声を漏《も》らし、顔をのけぞらせる。

「くうう。玲子さんの中、あったかくて、気持ちいい……」

バックから貫くと、ぴっしょり濡れた粘膜が、差し入れた分身を奥へ奥へとたぐりよせるように圧してくる。

たまらなくなって、奥まで貫くと、

「ぁあああぁ……」

玲子は大きく口を開け、四つん這いのまま、両手でシーツをギュッと握りしめる。

甘い嵌入感《かんにゅう》にうっとりしながらも、陽一は反射的にもっと快楽を得たいと腰を使った。玲子のほっそりした腰をつかみ、引き寄せながら、グイグイと奥まで叩き込んでいく。

「あんっ……ああんっ、あああッ」

美貌を真っ赤に染め、玲子はちぎれんばかりに首を横に振っている。

たまらない。たまらなすぎる……。

陽一は猛烈に腰を使って、ぐりんぐりんと奥まで押し込めば、

「ああっ、ああんっ、はああ……お、奥までッ、奥まできてるッ……」

玲子は心の底から気持ちよさそうな声をあげ、自ら腰を大きくグラインドさせてくる。

すると、膣がギュッ、ギュッ、と締まってきて、陽一は突き入れながら、あまりの

心地よさに腰をぶるっ、と震えさせた。

「あんっ、いいわっ！　ああんっ、いい、いいのッ」

のけぞりながら、玲子はさらに大きく腰をくねらせて、豊満なヒップを押しつけてくる。愛液がしとどにあふれ出して、陽一の陰毛までもぐっしょり濡らしていく。

下垂しても形のよい玲子のバストがぶわん、ぶわんと揺れ弾む。

陽一はそのおっぱいを下からギュッとつかみ、パンパンと卑猥な尻肉の打擲音を響かせて打ち込んだ。

すぐ隣では、奈々子が四つん這いのまま、身体を震わせて玲子の表情を見ていた。

「奈々子さん、もっと尻振りしてください。おねだりして」

陽一は言いながら、玲子の中に突き入れつつ、同時に右手では奈々子の尻奥をなぞり、息づくアナルを指でくすぐった。

「いやんっ！　だめえ……する、するから、そこはもういやっ……」

奈々子が恨めしそうな顔で陽一を見る。

それでも三十三歳の美熟女は、息を呑むほど大きなヒップを持ちあげて、くなっ、くなっ、と誘うように左右にくねらせた。

「恥ずかしいっ、こんなの恥ずかしい……」

羞恥を言葉にするものの、早くこっちも欲しいと奈々子の全身がわなないている。

6

(ああ……こんな美しい人妻ふたりを従わせているなんて……)

ふたり……いや、綾を含めて三人に会うまでは、ほぼ童貞みたいなものだった。

だが今は男としての余裕も感じる。

ふたりに成長させてもらえたのだろうか……。

(ありがとうございます……奈々子さん、玲子さん)

ここで礼を言うのは興ざめだ。

心の中だけにとどめておく。

その代わりに愛《いと》おしい、という情を込め、がむしゃらにバックから打ち込んだ。

「ああぁ……あっンッ……いい、いいわ！　……陽一くん……ああんっ、イキそう……ウチ、イキそうよッ」

感じ入った声を漏らし、四つん這いで尻を揺らした玲子が、肩越しにつらそうな顔で陽一を見つめてきた。

とろんとして潤みきった目が、いまにも気持ちよくて閉じようとしている。

ねっとりしたその表情が、色っぽくてたまらない。

「ああ……イッて……玲子さんっ！」

陽一は腰に力を入れ、中でグラインドさせる。

ジーンとする甘い痺れを必死にガマンしつつ、ぱんぱんぱんっ、と叩き入れる。

「ああん、イクッ……陽一くんっ……あああっ！」

玲子が差し迫った様子で、いよいよ手に力が入らないのか、ベッドに顔を突っ伏して、

「アアアッ、イクッ……！　イッちゃううううぅ！」

ひときわ甲高い、大きな喘ぎ声を放ち、玲子はシーツをギュッと握りしめながら、がくん、がくんと腰を震わせた。

膣がエクスタシーに達して、ひくひくと痙攣する。

その締めつけに陽一は必死にたえて、ぐったりした玲子から、ずるりと肉棒を抜いた。

屹立が玲子の蜜でぬるぬるとしている。

そのぬるっとした、まだ太いままの怒張を握りしめて横にズレ、今度は奈々子の濡

れ溝にバックから挿入した。

「くうう！」

奈々子が大きくのけぞり、豊満な腰をじりじりとよじらせる。

「ああ……な、奈々子さんっ」

陽一は切っ先が甘く痺れていく中、ぐいぐいと屹立を押し込んでいく。

「あぅぅぅ……！　だ、だめっ……」

奈々子は肩越しに陽一の顔を見ていたが、やがて気持ちいいのか双眸が閉じられて、玲子と同じようにベッドに顔を突っ伏した。

立て続けに腰を押しつければ、見事なまでにふくらんだ豊満な尻たぶが、ぶわん、ぶわんとリズミカルに弾いてくる。

(この柔らかいお尻が押し返してくる感触っ、たまんないっ)

陽一は、熟女の尻肉の弾力をたっぷり楽しみつつ、打ち込んだ。

奈々子がハアハアと息を荒げ、

「ああ……ねえ……これすごい……感じるっ、感じちゃう……すごくいいの……これ」

奈々子もヒップをじりっ、じりっと揺らして押しつけてきた。

可愛らしく清楚な奈々子も、興奮しきって、もっと欲しいと求めてきている。

「僕も感じます。奈々子さんの中、とろけるみたいだ。ああ、もうたまりません」

陽一はスパートした。

がくん、がくんと女体を揺さぶるほどにストロークしつつ手を伸ばし、四つん這いで下垂して揺れ弾む、たわわなバストをムギュ、ムギュと揉みしだく。

膣肉がギュッとペニスを包んできて、いよいよ陽一も切羽つまってきた。

「ああ……だめだ、出そうです」

歯を食いしばって腰を動かしながら言えば、

「ああッ……ああんっ、もうだめっ……私も……ああんッ……ちょうだい、陽一くんのちょうだい」

奈々子が背を大きくアーチさせ、裸体をきりきりと震わせる。

玲子が横で上体を起こして陽一を見た。

「いいわよ、奈々子さんの中に射精して。私はあとでゆっくりと、もう一回もらうから」

と、色っぽく、ンフッと笑う。

「ずるいわ、玲子っ……二回もなんて、そんな、そんな……ああっ！」

ムチッとした豊満な肉体で、女豹のポーズを取りながら、奈々子が震えた。

全身が脂汗でヌルヌルに濡れ光っていて、見ているだけでいやらしい気持ちになっていく。

陽一は量感たっぷりの成熟した腰部を持ち、女盛りの肉感的な尻に、腰をぶつけていく。

「あんっ、あんっ、あああっ、あぁあ……ああんっ、イクッ……イキそうっ」

奈々子は顔を低くしたまま、眉根を寄せた顔を陽一に見せてくる。

美しい額の生え際が汗で濡れ光り、後ろでアップにまとめた髪がほどけて、黒髪が頬に貼りついている。

いつもの柔和な、母親のような優しげな雰囲気はなくなり、今は凄艶たる欲情にまみれた人妻の顔を見せている。

「くうう……や、やばい……たまりませんよ」

抜き差しするたびに、奈々子のとろけた粘膜が愛おしそうにからみついてきて、陽一はもう限界まで追いつめられていた。

それでも、遮二無二突き込んだ。膣奥がキュッと締まって、

「ああ……イクッ……私、イクッ……ああんっ、だめっ、だめぇぇぇ」

奈々子の腰つきがうねり、前後にガクン、ガクンと大きく揺れる。

もっとだ、とばかりに奥まで突き入れたとき、陽一もいよいよ限界に達した。

鈴口から熱い汁が、とめどなく奈々子の中へほとばしっていく。

「くううう……」

バックから射精しながら、陽一はビクビクと腰を震わせて、爪先を引き攣らせた。

あまりにすさまじい歓喜が、陽一の身体を貫き、頭の中が真っ白になる。

奈々子はビクッ、ビクッと痙攣しながら、がっくりと弛緩して突っ伏した。陽一も脚に力が入らなくなり、背中に覆い被さるようにして、しがみつく。

激しいアクメが訪れたのだろう、美熟女はうつ伏せて、ハアハアと荒い息をこぼしながら視線を泳がせる。

（ああ……すごい）

身体がバラバラになってしまったような、激しい快楽の後、陽一は奈々子の中から肉棒を抜いて、大の字に転がった。

ハアハアと息があがっている。その両隣にふたりが近づいてきた。

「腕枕して」

「私も」

陽一が両手を広げると、奈々子が左手に、玲子が右手に頭を乗せてきて、両方からギュッとされる。

(ああ……天国だ)

男として、これほどの至福はないだろう。

だが、ふたりは人妻だった。こんな関係はもう二度と……。

「ねえ、なんだか綾にもったいなく思えてきた」

玲子が突然、そんなことを言い出した。

「あら、私もよ。ねえ……」

奈々子も言いながら、妖しい目で見つめてくる。

背中がゾクッとした。だけど、勃起は正直なもので、またビクビクと脈動してしまうのだった。

第五章　蜜濡れキャンプ

1

《あの子は、病的なまでのさみしがり屋なのよ》
昨日、奈々子と玲子から、綾が隠したがる本性を聞いた。
天真爛漫で、いつも明るく振る舞っているけど、本当のところは寂しがり屋で人を信じやすいところがあるという。
少しばかり危うい、というか相手に依存してしまう性格らしい。
《私、ふしだらな女なの》
別れた夫にそう言われて、彼女は苦しんでいる。
だが、彼女はふしだらなんかじゃなくて、寂しくて男を拠《よ》り所にしてしまうのだ。

奈々子と玲子は、それでも綾を愛せるか尋ねてきた。

綾はきっと、陽一のことを好きになっている。ふたりはそう教えてくれた。

彼女の愛は重いかもしれない。

だけど、彼女のあの言葉……。

《この前みたいな綺麗な朝焼けを、私に見せて欲しいの》

その言葉に、完全にやられた。

キャンプの朝、ふたりで珈琲を飲んで、何も語らずただにっこりと微笑み合いたいと思った。それは何にも勝る至福だろう。

陽一は勇気を振り絞って綾にメールを打った。

乱暴にしてしまったことを謝罪し、バツイチで驚いたことを正直に書いた。

その上で、もう一度逢ってくれないだろうか、とも書いた。

返事はなかなかこなかった。

返ってきたのは、次の日の夜だった。

『もう少しだけ時間が欲しい』

正直、想定外の言葉だった。

わけを聞きたかった陽一は、思い切って電話をかけた。何度目かのコールのあと、彼女がようやく出てくれた。

「遅い時間にすみません」

陽一が恐縮した声を漏らすと、

「いいわよ、そう遅くもないから」

思ったより明るい声で綾が言った。そして続けて、

「もう連絡来ないかと思っていた」

「え、なんでですか？」

「だって。バツイチだったこと、驚いたんでしょ」

「そ、それは、まあ……」

「でしょう？」

「いや、でも……そんなこと関係ありませんから」

陽一は緊張しながらも言葉を選んで、続けざまに言った。

「あの……もう少しだけ時間が欲しいって……それって、僕が待っていていいってことですか。綺麗な朝焼けを、また見せて欲しいって言いましたよね」

単刀直入に言った。電話口で綾の息づかいが聞こえてくる。しばらくして彼女はぼそっとつぶやいた。

「うん。言った」

また沈黙が訪れる。少しして、綾がようやく口を開く。

「……私ね、あの日はふっきろうと思っていたの。前の夫のことを忘れようって。でもダメだった。キミを信頼しているのに、どうしてもすべてを委《ゆだ》ねられなくて……」

彼女は揺れていた。苦しんで揺れている。

「僕……」

陽一は迷った。

――僕が守ります。愛している。

そう言いたかったのに、臆病風が吹いた。

「僕……またキャンプに行きたいです。楽しかったし」

その言葉しか出てこなかった。綾は「ありがと」と優しく返してくれた。

だがそれ以上、その日は深い会話はできなかった。


その週の日曜日。

陽一は久し振りに、ひとりでキャンプに出かけた。

関東近郊にある双葉山の麓《ふもと》の、双葉キャンプ場という場所である。

近くにもうひとつ、三沢野営場という小さなキャンプ場があるのだが、今日の夜、ちょっと雲行きが怪しくなるというので、そこはやめておいた。

そっちは大雨が降ると途中の河川が増水して、帰れなくなる可能性があるからだ。

陽一は夕方に着いて、まずテントを張った。

(ひとりキャンプ、久し振りだよなあ)

焚き火の薪をくべながら、このシンとした雰囲気を噛みしめた。

雲が出ているから、星ひとつ見えない。

ランタンの明かりと焚き火だけが辺りを照らしている。

時間的に早いが、腹が減ってきたので、陽一は夕飯の用意をすることにした。

用意といっても、今日はひとりだから面倒のない缶詰だ。

焚き火の上に網を敷いて、その上に置いて直火《じかび》で温めれば、そのまま気の利いた肴になる。

陽一は焼き鳥と、鯖《さば》の味噌煮の缶詰を火で炙った。

そこにちょい足しで、七味やネギを入れ、ぐつぐつするまで炙ってやる。

ふわっとしたいい匂いがしてきて、陽一は缶ビールを開けた。

「うん、旨い」

陽一はひとりで感動して缶詰をがっついた。

このものぐさな感じこそ、男の料理だ。きっと綾たちに見られたら、また笑われそうだが……。

薪がパチパチと爆ぜる。

焚き火は不思議だ。心が癒やされる。

リラックスしているからこそ、いろいろなことを考えることができる。

あのとき、綾に言えなかったことを考える。

《――僕が守ります。愛している》

あの言葉を口にしようとしたときに、自分の中で様々な思いが頭の中を駆け巡った。

本当に彼女のすべてを守れるのか。

受けとめられるのか……。

その臆病さや、打算が本当に嫌になる。

昔からそうだった。

だが今は、はっきりと認識できた。ここに綾がいて欲しい。

綾の存在が、こんなにも大きいとは思わなかった。

そのときだ。

ポツポツと雨が当たってきた。

（あれ？　予報よりけっこう降りそうだぞ）

少しずつ雨足が強くなっていく。慌てて焚き火を片づける。

陽一はテントの中に避難して、スマホを見た。

どうやら山の上方は豪雨らしく、しばらくすると麓も大雨になるだろうと、双葉山のホームページに書かれていた。

（テント、もつかなあ）

一応、防水対策はしておいたが、今日は雨音のうるさい夜になりそうだ。もしだめならクルマに退避しようかな。

とスマホを眺めていると、突然、手の中でスマホが震え、慌てて寝袋の上に落としてしまった。

拾いあげて表示を見れば、奈々子からだった。

「も、もしもし」

「あっ、もしもし。陽一くん？　今日、双葉山のキャンプ場にいるわよね。このまえのメールに書いてあったから」

おっとりしている奈々子が、珍しく慌てた口調で喋るので、いやな予感がした。

「ええ。でも、これから雨になるらしいんですよ。どうしたんです？」

と言いながら、電話の向こう側もこちらと同じように、ぽつぽつと雨音が聞こえたので、陽一は「え」と思った。奈々子が言う。

「実はね。黙っていたんだけど、私たちもキャンプに来ているのよ。そこの近くの三沢野営場」

「ええ？　じゃあ、今もそこにいるんですか？　三人とも？」

「私と玲子はテントの中。でもね、綾ちゃんが……山の方に散歩に行って、帰ってこられなくなっているのよ」

「綾さんが……え……ひとりで？」

不意に、遠くで低く雷鳴がとどろいた。

「キャッ」

電話の向こうで奈々子が、子供のような声をあげる。

「ごめんなさい、私、ダメなのよ……雷って」

「連絡取れないんですか？」

「携帯はつながるの。今、玲子と電話しているから。それでね、帰ろうとしたら、途中で川が増水していて通れないんだって」

「そうなんですよ。あそこの川、ちょっとしたことで通れなくなるんで……あっ、じゃあ、反対方向から、僕が迎えにいく方がいいですね」

「そうなの。お願いできる？　綾ちゃん、傘もないし、雨宿りできるようなところもないらしいし、軽装だし……」

「わかりました。本格的に降る前に助けにいきます。でもどうして、ここに？」

陽一が訊くと、奈々子は声のトーンを少し落とした。

「ホントはね、夜にふたりに不意打ちで逢わせて、仲を進展させてあげようかなって思っていたのよ。うまくいかないもんねえ、自然は怖いわ」

「そうだったんだ……わかりました」

電話を切り、陽一は慌ててナップザックに物をつめた。

万が一のためにと持ってきた予備の寝袋とタオル。それに一応、何枚か着替えも持っていく。最悪、自分の着替えを綾に渡せばいいかと思っていた。

上流の方はどしゃぶりだろうから、一時間そこらでこちらも大雨になるだろう。ここには何度も来ているから、経験でなんとなくわかる。

綾はここから三十分くらいのところにいるはずだから、ぎりぎり間に合うはずだ。

携帯もつながるなら、なんとかなる。

また遠くで雷が鳴った。

少し雷が近づいてきたようだ。

テントを出て、懐中電灯を頼りに山道を進んだ。

まだ降り始めだから足場はちゃんとしている。

そのときだ。

頭に、今までとは違う大きな雨粒が落ちてきたのを感じた。

葉っぱから落ちたのだと思って頭を上げると、いくつもの大きな雨粒が落ちてきた。

そんなバカな……。

雨の勢いはいよいよ激しくなり、陽一は慌ててカッパのフードを被った。

まずい、まずいぞ。

陽一は防寒具も着込んでいるし、足下もトレッキングシューズだ。Tシャツもすぐ乾くドライインナーだし、毛布代わりのブランケットも持っている。

だが、綾はどうだろう。

ないだろうな、ただ散歩に出ただけなんだから。

ザアザアと雨の音がして、視界が急激に悪くなった。

滝のような雨だ。

時折、蒼白い雷光が瞬き、雷鳴が響く。

陽一は山道を走った。早く綾に会わないと……。

頼りになるのは綾の携帯だけだと思ったときに、ポケットのスマホが震えた。

綾だと思った。

だが取り出したスマホの表示には、奈々子の名前があった。

悪い予感がした。

「もしもし」

「もしもし、綾ちゃんの携帯、電池がなくなっちゃったって……今、つながらなくて」

「ええっ……」

最悪だ。最悪すぎる。

「それでね、電源が切れかかったときに、さっき陽一くんに言った場所。迷子になるから、そこを動くなって綾ちゃんに言ったの。わかったって言っていたわ、だから……」

スマホの声が、激しい雨音で途切れ途切れに聞こえた。

防水だからまだよかったが、このままでは、このスマホもだめになる。

「奈々子さん、テントがもしだめなら、クルマに避難してください。あと、もし綾さんがその場所にいなかったら、すぐに電話します。救助を呼ばないと」

「うん。わかったわ。ねえ、気をつけてね……彼女、大丈夫よね」

奈々子が震える声で言った。

「大丈夫ですよ。すぐ見つけますから。心配しなくても。連絡します」

スマホを切った。

顔が濡れて、カッパの隙間から雨が少し入り込んでいる。防水のトレッキングシューズなのに、爪先がなんとなく湿っているような気がした。

2

台風かと思うほどの激しい雨は、一向にやまなかった。

陽一はビチャビチャと音を立てながら、ぬかるんだ山道を懐中電灯の明かりを頼りに駆けた。

休んでいる暇はない。

気温もぐっと下がってきている。綾の体調が心配だった。

ごうごうというゲリラ豪雨のときのような雨音と、時折鳴り響く雷鳴の中、視界を奪う雨を睨むように見つめて、綾の姿を探した。

三叉路《さんさろ》があった。このへんのはずだ。

「綾さーん！」

叫んでも雨音でかき消されてしまう。

それでも叫ばないわけにはいかなかった。

走っていると、何度もぬかるみに足をとられそうになった。

それでも、陽一は走った。

命の危険すら危ぶまれるような激しい雨が、渦のように襲い来る中で、三叉路を何度も行き来した。

「綾さーん！」

ハアハアと息があがり、酸欠で頭が朦朧《もうろう》とする。

懐中電灯の光を追う頭が、くらくらと揺れる。

山道の勾配がキツかった。体力には自信があるのだが、豪雨とぬかるみが体力を奪っていく。

（綾さん……どこにいるんだろう……）

そのとき、稲妻が蒼白い閃光を放ち、一瞬、辺りが白くなった。

「い、いたっ！」

見えた。

少しばかり離れた木の下に、白いウインドブレーカーを着た女性が、体育座りでいるのがわかった。

陽一は駆け寄った。

木の幹のところに綾は座ってぐったりしていた。

この豪雨では、枝も雨よけの役割を果たせなくて、綾の身につけている白いウインドブレーカーとショートパンツとタイツが、すべてぐっしょり濡れている。

「綾さんっ！」

陽一は綾の身体を雨から守るようにギュッと抱きしめて、何度か揺さぶった。

綾は目をつむって、息を荒げている。

(冷た……)

綾の肌が、氷のように冷たく感じた。

「綾さんっ、綾さんっ」

何度か頬を叩くと、綾が「んっ……」と息を漏らして、うっすらと目を開けた。

「……よ、陽一……くん？」

意識が朦朧としている。

（よし。やっぱり、さっきのところに行こう）

綾を抱っこしたまま、今来た道を戻った。

さすがに女性を抱いたまま、下まで戻れる自信はなかった。しかも片方の手は懐中電灯で塞がっている。

しかし、来る途中に……。

（確か、このへんだったよな……あった！）

陽一は自分の視力に感謝した。山を登る途中に大きな洞穴が目に入ったのを、見逃さなかったのだ。

綾を抱っこしたまま、懐中電灯で穴を照らしてみる。

おそらく何かを収納していたのだろう、人工的に掘られた大きな穴だった。

ここなら大人ふたりでも余裕で雨を回避できる。

陽一は穴の中に入り、レジャーシートを敷いて綾を寝かせると、即座に焚き火をつくった。

着火剤とマッチはあるし、幸いに洞窟の中には木の枝が大量に落ちていた。

枝は少し湿っていたが、なんとか火がついた。

煙が充満するのが心配だったが、穴の奥からわずかに風が吹いていて、煙は洞窟の入り口に向かっている。

(これならなんとかなる……よかった)

あとは綾の濡れた服だ。

仰向けに横たわっている綾を見つめた。

雨で濡れた服がぴったりと張りついて、綾の悩ましい身体のラインを浮き立たせている。相変わらず胸のふくらみはたわわで、腰が折れそうなほど細いのに、ヒップは成熟した大人の女性らしく充実している。

思わず、唾を呑み込んだ。

(いや、待て待て。欲情している場合じゃない。早く濡れた服を脱がさないと……)

「ぬ、脱がしますよ。なるべく見ないようにしますから……」

陽一は、綾の顔を見る。

綾は目をつむったまま、苦しそうな呼吸をしている。

やはり早く身体を温めねばならない。

陽一は震える手で、綾のウインドブレーカーのジッパーを下ろした。

下に着たTシャツもぐっしょり濡れて、ピンクのブラジャーと肌の色がくっきりとTシャツに浮き立っている。

（くうう……エロい……いや、だから、だめだってば。ここは無心だ）

陽一は必死に煩悩《ぼんのう》と戦いながら、張りついたウインドブレーカーとTシャツを苦労して脱がした。

さらにショートパンツも足首から抜いて、綾を悩殺的な下着姿にした。

（ああ……ブラとパンティまでぐっしょり濡れている……これも脱がさないと）

「し、下着も濡れていますから、脱がせますよ。すみません……あとでビンタとかしてもいいですから」

綾がうっすらと目を開けて、少し微笑んだ。

びっしょり濡れたショートボブヘアをタオルで拭いてから、陽一は綾の背中に手をまわし、ホックを外してピンクのブラを外し、パンティも引き下ろした。

（うわっ……うわわ……）

焚き火の炎に照らされた、二十七歳の白い肢体はあまりに美しく、そしてエロティックだった。

陽一はこんな時だというのに激しく欲情し、勃起した。

クルマの中ではよく見えなかったが、今は焚き火の炎でしっかりと見える。悩ましく盛りあがったふくらみの頂点に、透き通るようなピンクの乳首が息づいている。

臍は小さくて形がよく、恥毛の茂みが可愛らしい顔に似合わずに、意外と濃く生えている。過剰なまでの成熟味と息苦しいほどの色香にあふれかえって、陽一は大いに興奮しつつ、必死に欲望を抑えつけた。

童顔なのにグラマーという、小悪魔ボディを盗み見つつ、持ってきた大きなブランケットで身体をくるんでやり、持ってきた寝袋の中で寝かせた。

髪の毛をタオルで拭いてやりながら、陽一は奈々子たちに連絡を取った。

綾が無事だったこと。そして洞窟で雨をやり過ごしたら、すぐキャンプ場まで戻ると伝えて、電話を切る。

洞窟の入り口を見た。

雷は聞こえてこなくなったが、雨足はまだ強い。

(こりゃあ、簡単に戻れないなあ)

焚き火のおかげでようやく洞窟の中も温かくなってきて、陽一は濡れたカッパと防寒着を脱いで、綾の寝そべる隣に座った。

「ごめんね、いろいろ」

声が聞こえ、ハッとして綾の顔を見る。

綾がニッコリと微笑んで、こちらを見ていた。

「だ、大丈夫ですか？」

「うん、ちょっと頭が重いけど……温かくなってきたし……」

陽一は持ってきたチョコレートと、水筒の熱いお茶を綾に与えた。

食欲もあるし、真っ白だった顔色も、血色良くピンクに戻ってきていた。大丈夫そうだ。

「よかった……あの、僕の着替えしかないですけど、何もないよりいいかなって……着替えます？」

綾が、うっすらと笑みをこぼしつつ、寝袋から右手を差し出してきた。

陽一はわけもわからず、その手をギュッと握った。

「ねえ……ギュッとして」

綾の瞳が潤んでいた。

「え……いや、僕の服も濡れていますから……」

「脱いでいいわよ。裸のままでいいから、抱いて」

陽一は思わず綾の寝袋を見た。

この中に、一糸まとわぬ裸の綾がいる。

抱いて、というのは、おそらく怖かったから抱きしめていて欲しいということだろう。

もちろんそうだ。それだけだ。

だが、躊躇《ちゆうちよ》した。

こんなときにも勃起している、自分のスケベさが疎《うと》ましい。

「で、でも……」

「どうせ私の意識ない間に、私を裸にしてじっくり楽しんだんでしょう？　いまさら躊躇しなくてもいいわよ」

綾がそう言って、クスクス笑った。

「……ひ、人聞き悪すぎますよ。極力触らないようにしていたんですから」

「冗談よ。いいから」

綾がじっと見つめてくる。

まあ、こんな軽口も言えるなら、だいぶ回復したんだろう。

陽一は思いきって服を脱ぎ、全裸になって前を隠しながら、近づいた。

（あくまで抱くだけ……抱きしめるだけ……）

心の中でそれだけを繰り返した。さすがにスケベでも、救助したばかりの女性とセックスするのは人道に反する。

「……じゃあ、失礼します」

おそるおそる寝袋に身体を滑り込ませると、綾のすべすべの肌に全身がこすれた。

あまりの気持ちよさに怒張がビンッとそそり勃《た》ち、綾のお腹のあたりを、先端がぐりっと押し込んだ。

「……」

綾が真っ赤になって、至近距離で見つめてきた。

「す、すみません……こんなときに」

慌てて腰を引いた。

だが綾の方から、積極的に抱きついてきて背中に手をまわされる。

まだ乾ききっていないショートヘアから、雨の匂いがした。

そして、弾力のあるおっぱいのしなりと乳首の硬さを感じる。また勃起がギンと漲ってしまう。

「いいの、陽一くんだったら怖くないから……」

「え？」

綾が恥ずかしそうに言ってから、続けて口を開いた。

「私ね、今、夢を見ていたのよ……前の夫に襲われる夢。怖かったの……だから……抱いて。こんなときに変かもしれないけど、あなたのものにして。お願い……」

綾が抱きつきながら、アイドルのような愛くるしい目を潤ませて見つめてくる。

長い睫毛がふるふると切なそうに震えている。

雨の饐《す》えた匂いが、綾の甘い柔肌の匂いと混ざり合って、淫靡な臭味を醸し出している。可愛らしいのに、二十七歳の年相応の色香がムンムンと漂っている。

たまらなかった。

(いいのか……こんなときだけど……でも、綾さんはいいって言っている)

陽一が顔を近づけると、綾は目を閉じて、静かな息づかいを見せる。

わずかに顔を傾けながら、ゆっくりと唇を重ねる。

「んっ……」

ピクッと綾の身体が震え、背中にまわされた手に力が入り、抱擁が強まる。

綾も、自分から唇を押しつけてくる。

陽一がそっと舌で唇をなぞると、綾は「あ……」という感じた声とともに口をうっすら開き、陽一の唇を吸ってくる。

柔らかく瑞々しい唇の感触や、しっとりした肌の触り心地、女体の柔らかさが、さらに陽一を昂ぶらせる。

だが焦りは禁物だった。この前のことがある。

唇のあわいに舌を差し込むと、すぐに綾も呼応するように舌を差し出してくる。

「んっ……んんう……」

悩ましい声を鼻奥から漏らしつつ、綾も積極的に舌を使う。唾液がしたたり、ねちゃ、ねちゃ、という淫靡な唾の音が洞窟に響く。

「ん……んんぅ……」

お互いむさぼり合うように口を吸い、舌をからめあった。

綾の身体はたまらなくすべすべして柔らかかった。

この上なく欲情が高まり、綾のことしか考えられなくなった。

洞窟の外は相変わらず雨で、しとしとと規則正しい音を奏でている。

薪がパチパチと爆ぜ、わずかな風で炎が揺らめく。

そのゆらぎが洞窟の壁面のふたりの影を、大きくしたり小さくしたりする。

こんな洞窟の中での性行為は、まるで獣だと思った。獣のように本能でお互いを求めている。

この非日常的な空間での交わりが、異様な興奮を煽ってくる。

それでも陽一は必死に理性で肉体の暴走を押しとどめ、優しくディープキスを続けて、身体をこすり合わせる。

3

パチパチと枝の燃える音がして、洞窟に映った影が大きく揺れる。

雨音は一向にやまない。

そのときだ。

「くっ……」

下腹部にしなやかなものが触れて、陽一は驚いて腰を引いた。

ためらいがちだが、綾の指が剝き出しの股間に触れてきたのだ。先日はズボンの上からだった。

綾に、直に性器を触れられたのは初めてだった。

（あ、綾さん……）

キスを解いて、綾を見つめた。

綾が艶めかしい目で見つめ返してくる。

頬が赤く上気して、うっとりとした様子でわずかに恥ずかしそうに微笑んだ。

陽一が訊いた。

「……怖くないですか」

「ちょっとだけ。でも平気。私の手、痛くない？」

「気持ちいいです。天国みたい」

言うと、ほっそりした指が、硬くなった肉竿の根元をつかみ、ゆるゆるとこすってくる。

「くっ……」

この前、綾は男性器を見て、怖くなって取り乱していた。

だが今は……直接ペニスの表皮に触れても、怖がったりせずに、むしろこれが欲しいとばかりに、いやらしくこすってくる。

勃起の芯に甘い疼きが訪れる。

陽一はその快楽に身を委ねながら、綾の背中からヒップまでを撫でさすった。

指先が深い尻割れに触れたときだ。

「あんっ」

綾がビクッとして、華奢な肢体を伸びあがらせる。

（お尻、意外と大きいな……童顔でも二十七歳なんだよな）

陽一は手のひらを大きく開き、綾の尻のふくらみを撫でさすった。

指を食い込ませたり、尻割れを指でこすりあげたりすれば、綾は、

「あっ……あっ……」

と、そのたびに可愛らしく声をあげ、背中をそらして腰を揺らす。

（感じやすいんだよな。可愛い）

色っぽく喘ぐ綾を見て、陽一の勃起はさらに硬くなる。

たまらなくなり、綾を組み敷いた。

まん丸なバンビのような愛らしい目が、陽一を見あげている。

くりっとした可愛い目が、今は細められている。

薄桃色に染まっていく目元がしっとり潤んで、なんとも妖しい。

目線をそのまま下に向けていけば、ほっそりした首筋、丸みを帯びた肩、そして釣り鐘型をした、ふわっふわのマシュマロのような大きなおっぱいが、たゆん、たゆんと揺れている。

くびれがあり、しっかりと細いのに女性らしい丸みを帯びた体つきは、まるで男の夢を具現化したみたいだ。

もう誰にも渡したくない。

じっくりと眺めて、そう思った。

乳輪の薄いピンクなんか、なんとも儚げで……。

（ん？）

よく見ると、乳輪のまわりにわずかに鳥肌のつぶつぶがある。

「さ、寒いですか……？」

陽一が訊く。

「平気よ。それより、陽一くんが、ずっとおっぱいを見つめているんだもの。恥ずかしくて肌が粟立ったのよ」

綾がすっと両手で乳房を隠し、顔を赤らめる。

ここで強引にするのもよくないと、顔を近づけ、チュッ、チュッと唇を合わせて、それから深いキスに移行して、舌をからませあった。

すると、胸を覆っていた綾の手が緩んでいく。

陽一はキスをやめて顔を下ろしていき、乳首にチュッとキスをした。

「んっ……！」

綾はビクッとして、背中をしならせる。

もう片方の乳房にも唇をつけて、ゆっくりと慎重に舐めた。

唾液の乗った舌が乳首に触れるたび、綾の乳頭が少しずつ、ムクムクと屹立していく。

それを繰り返すと綾は、

「ん……んっ……！」

と、くぐもった声をあげては、悩ましげに肩を浮かす。

(感じている。感じているぞ……)

陽一は、両手ですくうように下乳から揉みあげた。

「ああんっ……」

綾の口からついに漏れた声は、ぞくぞくするほど色っぽかった。

(この前より、すごく色っぽい声だ)

形をひしゃげるほどに揉み込むと、マシュマロのような柔らかさに、指が沈み込んだ。だが素晴らしい張りと弾力がすぐに指を押し返してくる。

陽一は乳房を揉みしだきながら、大きめの乳首を指でつまみあげる。すると、

「ああーっ！」

綾は生々しい女の声を発して、顔を跳ねあげた。

やはり、乳首は敏感な性感帯らしい。

再び顔を寄せて、舌先でちろちろと先端をなぞり、もう片方の乳首をくりっ、くりっ、と指で転がしてやる。すると、

「……あっ……あっ……」

綾は白い喉を突き出すほど悶え、腰から下も微妙にうねらせはじめた。

いやらしい反応だった。

間違いなく、この前より感じている。

可愛らしい顔が、今は喜悦に歪んで視線が宙を彷徨《さまよ》っている。乱れていく様子がはっきりとわかる。

（焦るな……焦るな……）

ここで乱暴に手を押さえつけたり、無理矢理恥ずかしい部分に触れたりしたら、だめだ。

「綾さん……」

顔をあげて、再び唇にむしゃぶりついた。

とにかくキスだ。キスで綾は昂ぶるのがわかっている。唇に吸いつき、息がつまるほど吸ってやると、綾の身体がビク、ビクッと小刻みに痙攣する。

なおも舌と舌をからめ合わせると、

「ぅんんっ……ぅんんっ……」

と、色っぽい声をあげ、綾の身体の力が緩んでいく。

うっすら目を開けて見れば、目の下が赤く染まっていて、はっきりと欲情しているのがわかった。

《抱きしめて、安心させるのがいいわよ……》

奈々子や玲子の教えを思い描き、再びギュッと身体を抱きしめて、なおも綾と深い口づけを交わす。

するとぴったりと綴じ合わせていた綾の足が、ゆっくりと開きはじめ、ついには、もどかしそうに、ジリッ、ジリッ、と腰を陽一の下腹部にすり寄せてくる。

（おお……綾さんが、こ、こんなに淫らなことを……）

綾はキスをほどいて、赤らめた顔をそむける。

恥ずかしいのだろう。しかし、感じているのは間違いない。

陽一は綾を抱きしめながら、ほっそりした首や肩やうなじに舌を這わせていく。

綾は手の甲で口を押さえながらも、抑えられない喘ぎをこぼす。

かなり身体が昂ぶってきているのだろう。

綾は「んっ……んっ……」とくぐもった声をあげ、寝袋の中でじれったそうに身をよじらせる。

目をギュッと閉じて、昂ぶった白分を抑えようと、必死に口元に持っていった指の背を噛んでいる。それでも陽一の舌が綾の肌に触れるたびに、顔をのけぞらせ、切なげな喘ぎとともに下腹部を持ちあげてくる。

ショートボブヘアと柔肌の甘い匂いに噎せ返りそうになりながらも、陽一は丁寧に綾の首や耳の後ろを舐めた。

「くぅぅぅ……」

首の後ろも性感帯らしく、綾はビクンッと大きく震えてしがみついてくる。

恥じらうように、顔を陽一の胸に埋めながらも、腰がくなくなと揺れて勃起に押しつけられていた。

(もう触って欲しいんだよな……これ)

陽一は綾の顎を持って上向かせる。表情はもう今にも泣きそうで、半開きの口からハアハアと甘い吐息が漏れている。

「綾さん……」

切実な思いで名を呼んで、濡れた唇を奪う。

舌と舌をもつれ合わせながら、右手を下に下ろしていき、太ももに這わせていく。

そのままゆっくりと撫であげて、絹糸のように柔らかい繊毛をかきわけつつ、いよいよワレ目に触れた。

「んん……ッ！」

キスしたまま綾が目を見開いて、腰をよじった。

（なんだ……これ、すごい……）

綾の下腹部はムンとした熱気を帯びていて、じっとりとした熱い蜜が、指にからみついてくる。

濡れていることは想像していたのだが、ここまでとは……。嬉しくなって、ワレ目に置いた指をぐにぐにと動かして、柔らかな媚肉をなぞり立てると、

「ああっ……あああぁ……」

綾はキスを続けていられなくなり、唇を外して顎をせりあげた。

その表情には戸惑いと恥じらいがあったが、それだけではなくて、明らかに感じていた。陽一は脇腹から腰にかけて気持ちを込めて撫で、唇でボディラインをなぞりつ

つ、ゆっくりと下ろして下腹部に近づけていく。

「あぁんっ……ううんっ……あぁあ……」

綾が甘い声を放ち、上体を揺るがせる。

その表情を盗み見しつつ、陽一は身体を下ろしていき、綾の足の間に身体を滑り込ませて敏感な内ももに舌を這わせていく。

「んンっ……」

綾はもう、抗いの言葉すら吐かなかった。

感じきっていて、翻弄されているようだった。

陽一は綾の脚を開かせる。

華奢だが、尻から太ももにかけてのボリュームはすごい。この逞しい稜線が女性らしくて男はそそる。

さらに大きく開かせて、中心部に顔を近づける。

（おおお……これが、綾さんのおまんこ……）

花びらはこぶりで縮れも少なく、麗《うるわ》しい。

媚肉の奥は鮮やかな紅色で、イソギンチャクのような粘膜がぬめぬめと蠢いて、欲望の深さをまざまざと見せつけてくる。

「ああん……」

綾は恥じらい、足を閉じようとする。

しかし陽一は無理強いせずに自然と綾を開脚させたまま、茂みの底に顔を寄せ、匂いを嗅ぎながら舌を伸ばした。

「ンンッ……！」

サーモンピンクの粘膜を舌でねぶると、綾は背をそらし、手の甲で口元を押さえて、低く呻いた。

陽一はさらに舌を伸ばして、ぐっしょり濡れた内側を舐めあげる。

ぬるっ、ぬるっ、と舌が膣粘膜を滑っていき、

「くううう……」

と、綾は唇を噛みしめるように唸って、腰を淫らにくねらせる。

膣奥から、こぷっ、と半透明の蜜がしとどにあふれて、磯の匂いが強くなる。

陽一はさらに勢いよく狭間を舐めた。

愛液はピリッとするような濃厚な酸味だった。とても美味しいとは思えないのに、舐めれば舐めるほど、どうにも興奮してしまう。

「ああ……くぅぅっ……！」

舐めながら見あげれば、揺れる巨乳の隙間から、喘ぐ彼女の顔が見えた。

綾は右手の甲で口を押さえて、懸命に声をこらえている。

しかし声は押し殺すものの、腰がビクッ、ビクッと震えて尻を浮かせている。

陽一は舌で探りつつ、ワレ目の上部にある、ぷくっとふくれた小豆を舌先で軽く撫でた。

「あっ！」

綾が背をのけぞらせて、ビクン、と大きく震えた。

やはりクリトリスは感じるのだ。

陽一はそこを目がけ、ねろねろと舌を這わせてから唇を押しつけ、チュッと吸いあげた。

「ンくッ……ウゥ……ダメッ……ああんっ、それ、ダメッ……あっ……あぅぅ」

綾は背をしならせて、腰をくねらせる。

陽一は顔をあげて、綾の様子をうかがう。綾はハアハアと息を荒げ、目を閉じて長い睫毛を震わせていた。

目元はねっとりと赤らんで、女の情感がムンムンと漂っている。

（……この前とは違う。明らかに舐めて欲しいと腰が動いている）

陽一は再び綾の股ぐらに顔を近づけ、太ももをM字開脚させて押さえつけた。舌を伸ばして、ねろねろとワレ目を舐めまわす。

「あああッ！　アアッ……」

もう綾はこらえきれないと、身をよじり、腰を大きく浮かせた。

持ちあがった尻がくねり、太ももがぶるぶると震えている。

「あんっ……私、もう、もう……」

「えっ？」

陽一は綾の股間から離し、手の甲で口のまわりについた蜜を拭い取った。

綾が戸惑い、目を泳がせている。

「あ……私……今、ダメになりそうだった。身体が壊れちゃいそうに……私、まだ、そういうのを経験したことなくて……」

綾は耳まで赤らめて、じっと見つめてくる。

そういうの、とはおそらくアクメだろう。綾は達したことがないが、今、達するような気を感じ取ったのだ。

（僕が……僕が綾さんをイカせようとしたんだ……）

ジーンとした感動が身体を包み込んできた。嬉しくて小躍りしそうなほどだ。

「つ、続けますか？　気持ちよかったんなら……」

「気持ちよかった……けど……ねえ私、陽一くんと、もう、ひとつになりたい……」

恥じらいがちに綾が言う。

（ああ、綾さんから言ってくれた……）

陽一の心臓はとまりかけた。

4

雨の音、薪の爆ぜる音、洞窟の中の反響音。

ここはどこだ？

これは現実なのか……？　夢じゃないのか？

アイドルみたいな可愛い人を自分のものにする……ひとつになれる……。

綾は寝そべりながら、大きな乳房も下腹部も隠そうとはせず、無防備にさらしたままで、下から視線を送っていた。

男にすがるような、不安と期待に満ちた色っぽい目つきだ。

陽一はひどく昂ぶった。

覆い被さりながら、膝の裏をすくうように持ちあげ、大きく足を広げさせた。

片手でいきり勃ちを持ち、濡れたとば口にあてがうと、

「あっ……ああ……」

綾が眉をハの字にして、すぐにでも泣きそうな可愛い表情を見せてくる。

今まさに、男の太いモノで貫かれる。陽一のものにされる。

それを期待しつつ、綾は息をつめて身構えている。

この「どうしたらいいの」という顔が、たまらない。

陽一は綾の顔を見つめながら、ゆっくり体重を前に傾けた。

切っ先が狭い入り口を押し広げる感覚がある。

膣内への挿入を感じた綾は、

「うっ……」

と、眉間に悩ましい縦ジワを刻んで、くんっと顔をせりあげた。

いやらしすぎる表情だった。

(綾さんは、こんな色っぽい顔で男を受け入れるのか……)

男根をひときわ硬く漲らせながら、陽一がずぶずぶと奥に挿入していくと、羽根のような粘膜が押し広がり、陽一の亀頭を押し包んだ。

「ンンンッ！」

野太いモノで一気に奥まで貫かれた綾が、顔をのけぞらせて寝袋をつかんだ。たわわな乳房が、のけぞった衝撃で揺れ弾み、華奢で薄いおなかが、ぐぐっと持ちあがる。下腹部が少し盛りあがって見えるのは、陽一の挿入のせいらしい。

綾がスレンダーすぎるから、太幹の挿入でおなかがうねってしまうのだ。

（細くて華奢だから……キツい……）

それにしても狭い膣だった。

ぐっしょり濡れているから挿入できたものの、とにかく狭い。それに加えて収縮力も強く、分身を根元から締めつけてくる。

（き、気持ちいい……あったかくて、おまんこが吸いついてくるッ）

濡れた媚肉のぬくもりが、綾とひとつになったという実感を伝えてくる。

結合感を味わうために、奥歯を嚙みしめて喜悦をガマンしつつ、ゆっくり腰を押し込んだ。

「ンンッ……んんんッ」

綾は優美な細眉をキュッと折り、眉間にシワを刻んで結合の衝撃に耐えている。

そして、うっすらと見つめてきて、

「いいの。もっと入れても平気だから……」

言われてホッとした。もっと入れたくなっていたからだ。

陽一は腰をグイグイと押しつけて、陰毛と陰毛がからみ合うぐらい深く貫いた。窮屈な肉路を押し広げながら、奥の方までこすっていく感触があって、

「ああんっ……！」

と、綾が悲鳴をあげて腰を浮かせた。

(奥が……子宮が悦んでいる)

ゆっくりと奥まで、ずんっ、ずん、と貫けば、

「あっ……あっ……ぁあぅぅ」

声は愛らしいものに変わっていき、打ち込むたび、乳房がぶわん、ぶわんとしなって、陽一に迫ってくる。

滾った肉竿が綾の中で急激にふくれあがっていく。それでもたえて腰を使った。いきり勃つモノが、綾の狭い蜜壺をぐりんぐりんとかき混ぜると、

「ああんっ、あああんっ」

綾が顎をせりあげ、うつろな目で見つめてくる。

もっと突いて、というような濡れた瞳を向けられて、陽一は猛烈に昂ぶった。

太ももを大きくM字に開かせて、正常位で腰を叩きつけていく。

するると感じるのか、綾の膣がびくっ、びくっ、とうごめいて、陽一の勃起を締めつけてくる。

（うう、た、たまんない……）

陽一は分身がとろけてしまいそうな愉悦の中で、さらに腰を打ち込んでいく。

綾は、その打ち込みにたえるように、眉間にシワを刻みながら、

「あんっ、あんっ、あんっ……」

と、続けざまに女の声を漏らしていく。

綾が背中に手をまわしてきた。

陽一も抱擁に応えるように抱きしめる。

量感あふれる巨乳がむぎゅうと挟まれて、ひしゃげている。

汗ばんで、甘くて濃い女の色香がムンムンと漂い、鼻奥までを満たしていく。

「き、気持ちいい……綾さんと……繋がっている」

綾の耳元でささやくように伝える。

腰を動かすと肉棒と膣粘膜がこすれて、じゅぷっ、という粘性の音が聞こえた。

「あん。私も……気持ちいいッ……感じるっ、感じちゃう」

綾が潤んだ瞳でじっと見てくる。陽一は唇を奪った。

むさぼるように吸うと、綾も唇を押しつけてきて、差し入れた舌に舌をからませてくる。甘い唾液の香りが立ち、心までひとつになってとろけていく。

もっと感じさせたいと陽一は腰を激しく打つ。

「ああン……ああッ……あああっ」

綾はもうこらえきれないとばかりに、唇を外して大きく喘いだ。

ショートボブヘアを振り乱して、深々と貫かれる快感に身をよじり、両脚を震わせて歓喜を伝えてくる。

突きあげるリズムに合わせて、ふたつのたわわな乳房が揺れていた。

陽一は手を伸ばして、ギュッと揺れる乳房のふくらみを揉みしだき、尖った乳首を指であやしながら、鼻息荒く貫いた。

「ぁあんっ……！」

ずちゅ、ずちゅ、と淫らな肉ズレ音が大きくなり、綾は恥じらい顔を見せる。

陽一は背中を丸めて、乳頭をちゅぱっ、ちゅぱっと吸い立てる。

「あ、あんっ……あんっ……」

綾はもうどうしたらいいかわからないといった様子で、陽一の連打を仰向けで脚を開いたまま受けとめている。

上体をいっぱいに反らし、腰から下を淫らにくねらせて、ついには自ら濡れ溝をこすってくる。

「ああっ……あんっ、だめっ……気持ちよすぎて……こんなの……ああん……」

感極まった声を漏らしながら、綾は潤みきった目をまっすぐに向けてくる。今にも泣き出しそうな表情だ。

素肌はすっかり汗まみれで、可愛らしい顔にも汗がにじんでいる。華奢な肉体を抱きしめ、陽一は女体がズレあがるほどに突きまくる。

「あっ……あうン……んんんぅ！　いやっ、だめっ、ああああッ」

綾の喘ぎは大きくなり、背中にまわしている手に力がこもる。

さらに突きあげた。

肉襞が愛おしそうにペニスにからみついてきて離さない。

「あああ……これ……イキそう……イッていい？」

綾が上目遣いに見あげてきた。その顔がせがむように歪んでいる。

陽一は打ち込みながら、優しくささやく。

「イッ……イッてください」

嬉しくて、怒濤の連打を叩き込んだ。

洞窟の中で、パンパンと音が反響し「あんっ、あんっ」という、綾の感じた声がそれに混ざる。会陰が震え、欲望が切っ先までせりあがってきている。

「で、出そうです……僕も……」

うまく膣外射精できるだろうか。

その不安が頭をよぎったときだ。綾が色っぽい顔で見つめてきた。

「いいわ……中に出しても……危なくないから……ああんっ、ねえ、ちょうだい……陽一くんのが欲しいの……」

「えっ……」

驚いたのも一瞬だ。

それならばと、陽一は腰をがっちりと持って打ち込んだ。

何度も突き入れると、綾が大きくのけぞった。

「イッ、イッちゃう。ダメッ、そんなにしたら、私、あああぁッ」

ビクン、ビクンと腰を跳ねあげて、弓なりに背をグーンと大きくしならせた。

同時に腕の中で激しく痙攣し、膣で勃起を締めつけてくる。

「ぐうう！」

出るっ、と感じた瞬間、陽一はもう綾の中に放っていた。ほとばしる精液をドピュッ、ドピュッと綾の中に大量に注ぎ入れる。

長い射精だった。

気持ちよすぎて、もう全身がとけてしまいそうだ。

放ち終えたときはもう力は残っておらず、ペニスを抜いて、ぐったりとして綾の横で寝転んだ。

ハアハアという荒い息が収まらなかった。綾もそうだ。

しかし、しばらくすると綾がうっすらと笑みを漏らして、陽一に抱きついてきた。

見つめ合い、微笑みながらぴったりと身体を寄せ合った。

「ウフッ……」

しがみついた綾が幸せそうな笑みをこぼした。

陽一の首筋や、胸板や、耳の後ろなどにチュッ、とキスをしてから、やがてしっかりと抱きついてきた。

5

雨があがったのは朝方だった。

昨晩の激しい雨が嘘のような、まばゆい朝日に陽一は顔をしかめる。ちょうど洞窟の奥に光が差し込んできたのだ。

(結局、野宿しちゃったな……薪になる枝があってよかった……)

ふわわ、と大きなあくびをした。

焚き火を消してしまうと寒いので、陽一は夜の間に何度か起きて、煙や炎の様子を見張っていたから、眠りが浅いのだ。

「ん……」

寝袋の中で抱きしめている綾の肩が、ピクンと動いた。

陽一の持ってきたズボンとトレーナーを着ている。

小柄な彼女には大きすぎるから、トレーナーがズレて白い肩が見えていた。寝袋の中は、甘く濃厚な女の匂いでいっぱいになっていた。

(ああ……本当に抱いたんだな……こんな可愛い女性を……)

なめらかな白い背中と細い腰、むちむちと張りつめた肉づきのいい尻。

童顔でアイドルみたいに可愛いのに、二十七歳という成熟した女の色香も同居している。可愛いのに色気があるって最強だろう。

（い、いかん……）

背中とお尻を見ているだけで、ムラムラしてしまってペニスが硬く漲った。

「やだもう……朝から……」

いつの間にか綾が起きていて、こちらを睨んでいた。すっぴんとは思えぬ愛らしさだ。

「いや、でも……生きている証《あかし》というか……体調はどうですか？」

「うん……ありがとう。すっきりしている。あのとき来てくれなかったら、私、肺炎とかになっていたかもね」

「よかったです。でも……」

陽一は綾をギュッと抱きしめて、見つめた。

「でも、危ないですから……今度からキャンプは絶対僕とふたりで……」

「え？　……う、うん。そうする……」

綾はそう言いつつ、照れ隠しみたいに唇を押しつけてきた。

（や、やった……これって、つき合ってもいいってことだよな）

綾の情熱的なキスを受けながら、乳房の重みや下腹部の茂みがこすれてくると、もう本能が爆発してしまった。

綾の上に覆い被さり、乳房を揉みしだく。綾が唇を離した。

「……ちょっと……朝から、だめっ……」

「もうとまりませんよ。ねえ、一回だけ……」

懇願しても、いやいやと首を振っていた綾だったが、乳首を吸いあげ、股ぐらに指を這わすと、

「ああん……」

と艶めかしい声を漏らして、受け入れ体勢を取るのだった。

「綾！」

「綾ちゃん！」

陽一と綾がクルマに戻ると、奈々子と玲子が駆け寄ってきた。

「すみません。心配かけて」

「いいのよ。それより体調は？　野宿したんでしょ？」

奈々子が母親のように心配した顔を見せる。

「大丈夫です。すぐに陽一くんが見つけてくれたので」

綾が顔を向けてくると、さっきまで身体を交わしていたことが思い出されて、ちょっとニヤッとしてしまう。

「……あなたたち、ちょっと」

玲子が、綾と陽一をじろじろと舐めるように見た。

「……ヤッたのね。まあええけど」

ずばり言われて、ドキッとした。

綾は真っ赤になって照れている。その反応はもう答えそのものだ。

「いや……その……」

陽一も照れて頭をかくと、すっと玲子が耳元に口を寄せてきた。

「綾とのこと……お礼は、またあのホテルでいいわよ、あっ、テントの中でもいいわよ」

ハッとして、玲子と奈々子の顔を交互に見た。

ふたりともが、なんとも艶めかしい顔で見つめてきている。どうやら冗談ではなさそうだった。

「なんの話？」

綾が近づいてくる。

「ウフフ、綾のおっぱい、すごかったでしょう、って言ったのよ」

玲子が笑う。

綾は顔を真っ赤にして、ぶかぶかのトレーナーの胸元を両手で隠した。

「いやん、もう……」

その恥じらう仕草に、玲子と奈々子がウフフと笑った。

（ひとりキャンプはしばらくできそうもないな……）

そんなことを思いつつ、陽一もぎこちなく笑った。


（了）

※本作品はフィクションです。作品内に登場する団体、人物、地域等は実在のものとは関係ありません。

人妻《ひとづま》ゆうわくキャンプ
〈書き下ろし長編官能小説〉
2020年4月27日　初版第一刷発行

著者……………………………………………… 桜井真琴

ブックデザイン…………………橋元浩明(sowhat.Inc.)

発行人……………………………………………後藤明信
発行所……………………………………株式会社竹書房
〒102-0072　東京都千代田区飯田橋2－7－3
電　話：03-3264-1576（代表）
03-3234-6301（編集）
竹書房ホームページ　http://www.takeshobo.co.jp
印刷所…………………………… 中央精版印刷株式会社

定価はカバーに表示してあります。
乱丁・落丁の場合には当社までお問い合わせ下さい。
ISBN978-4-8019-2247-1 C0193

竹書房ラブロマン文庫　近刊目録

好評既刊